KB028452

엄마
글 좀 쓰고 올게

엄마
글 좀 쓰고 올게

펴 낸 날	2023년 8월 10일 초판 1쇄

지 은 이   권인선, 박혜형, 배경연, 서은미, 윤소진, 이고은, 이혜민, 황주미
펴 낸 이   박지민
책임편집   김정웅
책임미술   롬디
마 케 팅   박종천, 박지환

펴 낸 곳   모모북스
　　　　　서울특별시 동대문구 왕산로81, 203-1호(두산베어스 타워)
　　　　　전화 010-5297-8303   팩스 02-6013-8303
　　　　　등록번호 2019년 03월 21일 제2019-000010호
　　　　　e-mail pj1419@naver.com

ⓒ 권인선, 박혜형, 배경연, 서은미, 윤소진, 이고은, 이혜민, 황주미, 2023
ISBN 979-11-90408-41-7 03810

블로그를 통해 나를 찾고 꿈을 키우는 엄마들의 성장기

엄마
글 좀 쓰고 올게

권인선
박혜형
배경연
서은미
윤소진
이고은
이혜민
황주미
지　음

모모
북스

온라인 세상 속 엄마들의
이유 있는 성장 이야기

성장하는 엄마들이란 주제로 공저를 쓰기로 했다. 첫 기획 회의 날, 우리는 성장의 의미부터 되짚어 보았다.

'사람이나 동식물 따위가 자라서 점점 커짐'
'사물의 규모나 세력 따위가 점점 커짐'

사전적 의미는 이러하다. 그렇다면 우리에게 성장이란 무엇일까?

엄마로 아내로 살아가는 것이 전부인 줄 알았고, 참는 것만이 정답인 줄 알았다. 그렇게 가족을 위해 나를 미루어 두었던, 연령대도 사는 곳도 다른 우리가, '엄마'라는 공통점과 해결되지 않은 결핍을 안고 '원앤원'이라는 온라인 커뮤니티 공간에 모였다. 같은 마음을 담고 낯선 온라인 세상에 발을 들인 것이다.

　　뱀이 변화와 지혜의 상징인 것은 허물을 벗기 때문이다. 우리는 그곳에서 뱀이 허물을 벗듯 나를 내놓고 글을 쓰기 시작했다.

　　세상에 나를 드러내는 것도, 아픔을 들춰내는 과정도 힘들었지만, 서로를 믿고 그 시간을 허락했다. 오래도록 발목을 잡던 열등감의 허물이 벗겨진 자리에는 자존감이 차올랐다. 글은 저마다의 결핍을 채우는 치유였다.

　　코로나 이후 화합과 돌봄을 조직의 이상향으로 추구하는 VUCA(Volatile 변동성, Uncertainty 불확실성, Complexity 복잡성, Ambiguity 모호성) 시대에 살고 있다. 우리는 시대에 발맞추어 '현실에 안주하지 않고 더 나은 삶과 나다운 삶을 위해 나 자신의 가치를 높이는 것'으로 성장의 의미를 넓혔다.

　　낯선 온라인 공간에서 서로에게 성장의 발판이 되는 심리적 안전지대, 화합과 돌봄을 추구하는 연결의 의미로 새롭게 태어나 함께 성장하고 있다.

성장은 스스로 자신을 바라보는 마음에서 시작된다. 나를 보며 자신의 허물을 벗고 새롭게 태어나고 싶다는 마음이 그 시작이다. 인생의 두 번째 꽃을 피우고자 온라인 세상에 발을 내딛고 싶지만 낯섦에 그저 망설이는 엄마들에게 이 책이 따뜻한 햇볕과 달콤한 양분이 되길 바란다.

목차

1장

권인선(진로북극성)

2장

박혜형(밸류비스)

3장

배경연(블랙빈)

4장

서은미(알레나)

진로교육전문가
버츄프로젝트 FT
PTA 심리유형분석사
브런치 작가

블로그 https://blog.naver.com/zzang337337
브런치 https://brunch.co.kr/@50d75f2f52a1479
인스타 https://www.instagram.com/kwoninsun/

'세계는 넓고 할 일은 많다!' 함께 성장하는 행복한 공동체를 꿈꾸며 초긍정 에너지로 매일이 행복한 ENFP 오지라퍼. 맘먹은 대로 인생이 흐르진 않았지만, 주어진 현실에 감사하며 늘 도전하는 '꿈꾸는 프로 삽질러'. 이 세상 아이들의 길고 긴 진로에 든든하고 따스한 북극성이 되고픈 사춘기 남매 엄마이자 진로교육 전문가. 아이와 함께 성장하는 책 읽는 애벌레로, 나비가 될 날을 기다리고 있다.

1장

권인선

(진로북극성)

1.

세상과 나를 이어준
동아줄

전업주부로 15년을 살다 일을 시작할 기회를 얻었다. 이 줄이 썩은 동아줄일지언정 지금 잡아야 할 것 같았다. 그러지 않으면 나와 세상의 연결선이 완전히 끊어질 것 같은 공포가 몰려왔다. '그래, 일단 잡자!' 주부라는 작은 공간에서 세상으로 다시 나가려 신발 끈을 고쳐 매야 했다.

아이 둘을 낳아 키우고 남편 뒷바라지와 살림으로 지낸 15년 동안, 사과에 붙여놓은 스티커처럼 내가 머문 자리만 쏙 빼고 세상은 속절없이 많이도 변해있었다. 참 열심히 살았는데, 나는 그동안 무얼 하며 지냈던 걸까? 외국 거리 한복판에 길을 잃고 서 있는 것 같았다. '나, 어떡하지?'

　　　　강사로 세상에 나서려면 무엇이 필요한지 알아보려 내 특기인 삽질을 시작했다. 여기도 찔러보고 저기도 찔러보고, 귀 동냥하러 기웃거렸다. 교안을 작성할 PPT도 배우고, 강사를 양성한다는 커뮤니티도 가입해보고. 모든 곳에서 말했다. '블로그를 키워야 한다고.' 블로그에 검색되는 사람이어야 콘텐츠를 살릴 수 있다고. 블로그가 뭔지도 모르는 현석이 엄마는 일단 초록창에 블로그를 개설했다. 개설은 했는데 다음엔 무얼 하지? '여긴 이제 당신 땅!'이라고 지어준 공간에서 깜빡이는 커서를 멍하니 바라보았다.

　　　　블로그 초보를 위해 조언을 해주고 매일 글을 쓰며 서로의 블로그를 방문하고 댓글을 달아주는 커뮤니티를 알게 되었다. 수줍게 가입하고 새로운 세상을 구경하려는데 이제는 닉네임이 있어야 한단다. 3~5자로 나의 정체성을 드러낼 온라인 세상에서의 이름. 나는 누구인지, 무얼 하는 사람인지 어떻게 보여주지? 고민 끝에 『미움받을 용기』에서 힌트를 얻어 '진로 북극성'이라는 닉네임을 지었다. 나는 진로를 고민하는 청소년

들, 아이들의 진로를 찾는 엄마들 그리고 가족을 위해 사느라 자기 자신을 잃었던 엄마들의 진로를 돕고 싶었다. 그들에게 북극성이 되어 방향을 알려주고 격려해주는 존재가 되고 싶었다. 온라인 세상에 '진로북극성의 블로그'가 태어났다.

첫아이를 낳고 어찌할 줄 모르는 초보 엄마처럼 블로그도 어떻게 해야 할지 막막했다. 이렇게도 써보고 저렇게도 구성해보고, 글씨체도 바꾸며 미지의 세상에서 걸음마 연습하는 아가가 되어, 초보 블로거로 하나씩 배워나갔다. 엄마와 아이도 하나씩 맞춰가며 서로를 알아가듯 블로그의 기능들도 기초부터 공부했다. 마음에 드는 블로거의 글을 찾아보며 이모티콘도 구매하고 구성도 바꿔보며 나만의 색깔을 지닌 공간으로 꾸몄다. 집들이하는 심정으로 서로 이웃 신청을 하고, 그들의 블로그를 읽으며 반가움과 결을 느꼈다.

숙제 말고 글이라고는 써본 적도 없는데 블로그는 글을 써야 하는 곳이었다. 포스팅을 하다 보니 잘 쓰고 싶어졌다. 내 이름의 공간인데 아무렇게나 쓴 글을 올리고 싶지 않아 정성을 들이니 하나 쓰는 데도 몇 시간이 걸리길 일쑤. '이러다 내가 늙지!' 하면서도 꾸역꾸역 공들여 글을 썼다. 시간을 덜 들이면서 잘 쓸 방법도 찾고, 글쓰기 수업을 듣고 책도 읽으며 갓난아기가 백일을 지나 돌이 되고 한 발짝 떼듯이 나의 블로그도 성장했다.

'강사 세상에서 살아남기'라는 단순한 목적으로 시작한 블로그였는데 나는 글쓰기의 묘미를 알아버렸다. 수업 관련 포스팅에도 내 생각과 감정이 담길 수밖에 없으니 책에 쓰인 글이든 모니터에 남긴 글이든 글은 나 자체다. 난생처음 만난 글쓰기 안에서 나는 잊고 있던 나를 만났고, 아파했던 나를 위로했고 좌절했던 나를 토닥였다. 남들 신경 쓰기 바빠 구석에 버려두었던 나를 알아보고 이야기 나눈 시간. 나와의 데이트로 더 행복한 나. 블로그 덕분에 찾게 된 감사한 시간이다.

계획적이고 치밀하지 못한 나는 감정 가는 대로 블로그를 운영했다. 이제는 세분화하고 전문화하여 블로그를 키우려 한다. 몰랐던 나를 만난 것처럼, 블로그 안에서 성장하고 싶다. 블로그를 시작한 처음의 목표를 이룰 그날을 위하여. 진로북극성으로 환한 빛이 되고 싶다.

2.
내 마음의
대나무 숲

"임금님 귀는 당나귀 귀!!! 임금님 귀는 당나귀 귀!!!"

대나무 숲에서 있는 힘껏 목청 높여 부르짖었을 신하의 마음을 상상해 본 적이 있는가? 빵! 터지기 직전의 답답한 마음을 털어놓으니 솔솔 바람 빠지는 풍선처럼, 살살 위로받는 마음을 느껴 본 적이 있는가?

저 멀리 인터넷 나라 온라인 시 비밀의 정원에 '원앤원'이 있다. 그곳에는 신비의 꽃마당과 마법의 대나무 숲이 자리한다. 내 마음의 대나무 숲 원앤원, 그리고 각자의 색깔과 향기로 힐링을 주는 꽃마당.

세상을 살다 보면 누구나 말 못 할 사정이 있다. 그 사정이라는 것은 사람마다 성격마다 달라서, 누구에겐 바윗돌보다 무겁지만, 누구에겐 조약돌처럼 가뿐하다. 문제는 이 돌덩이를 어떻게 치우느냐이다. 걱정을 털어놓고 싶지만, 부모님은 걱정하실까, 친구에겐 창피해서 그러지 못한다. 혼자 힘으로 해결할 수 있다면 얼마나 좋겠냐만, 좋은 사람에게 털어놓고 맘껏 응원받는 것보다 좋은 것이 있으랴. 그런 비밀을 만난 지 2년도 채 안 된 온라인 친구들에게 털어놓는다고? 말도 안 된다 생각하신다면 천만의 말씀 만만의 콩떡! 원앤원은 '글로 뭉친 여자들, 글로 만난 사람들'이다. 글에는 내가 담기기에 글로 만난 사람들은 주변 사람들보다 나를 더 잘 알기도 한다. '말하지 않아도 알아요.'랄까? 글과 마음을 나누는 우리의 원 앤 원. 그 원 안에 담긴 힘은 남다르다.

작년 봄, 나는 말하기 어려운 고민으로 서서히 시들고 있었다. 내 힘으로는 해결하기 어려운 오래된 고민. 조용히 물속으로 잠기던 나는 무슨 용기인지 대나무 숲에 털어놓았다. 나의 대나무들은 호들갑을 떨지도 같이 침잠하지도 않으며 담담하고 지혜롭게 위로와 조언을 남겨주었다. 버츄 프로젝트의 제5 전략은 '정신적 동반을 제공하라'인데, 중요한 점은 '인정'과 '초연'이다. 힘들어하는 이의 마음을 충분히 읽어주고 인정하되, 함께 그 우울과 고통에 빠지지 않고 나를 지키는 초연. 담담하게 곁에서 지지하는 힘은 조용하지만 깊었다. 비슷한 경험을 했던 동생의 진심 어린 공감과 대화 덕분에 잠수를 마치고 세상으로 다시 나올 산소통을 얻었다. 청명한 대나무 숲에서 얻은 에너지는 내 일상의 미세먼지를 없애주는 초강력 공기청정기다.

신비의 숲 안에서 대나무들은 꽃으로 변신한다. 숲 밖에서 그들은 꽃으로 존재한다. 생김새도 하는 일도 사는 곳도 다 다르지만 하나같이 자신만의 매력으로 꽃마당을 채운다.

정원의 중심에는 블랙빈 나무가 있다. 그 나무는 키가 크진 않지만, 뿌리의 단단함과 내면의 깊이로 숲을 지킨다. 위로와 조언 전문 나무로, 따스함과 지혜가 가득한 격려를 할 때면 키가 하늘 높이 자라, 긴 그림자가 산삼보다 든든한 기운을 보낸다. 생각할 때마다 힘이 되는 그녀, 원앤원 숲 산수유나무의 뿌리 블랙빈.

그 곁에 알레나 튤립이 자리하고 있다. 완벽하고 철저하게 맡은 일을 해내는 당찬 노란 튤립은 세심한 계획과 칼날 같은 실행으로 넘사벽의 분위기를 폴폴 풍긴다. 알레나 튤립은 노란빛으로 어디서든 눈에 띄는데 처음 볼 때는 말 걸기가 어려워 보인다. 하지만 알고 보면 속 정은 구들장 같아서 얼마나 뜨시고 오래 가는지…. 한번 누우면 일어나기 싫은 아랫목처럼 헤어나오기 어려운 매력 덩어리다.

노란 튤립이라는 강적 옆에 색 고운 분홍 장미가 있다. 원앤원의 브레인, 밸류비스 박 박사. 늘씬함과 화려한 외모로 좌중을 휘어잡는 그녀는 대체 불가 여신의 포스로 숲 안에 자리한다. 외모에 기가 죽고 슬프게도 실력에 두 번째 충격을 받아야 한다. 그 탁월함을 혼자만 쓰지 않고 원앤원 식구들의 성장을 위해 애써주는 꽃분홍 장미. 기획력의 여왕답게 '생각의 차원'이 깊은 우리의 밸류비스, 늘 고마운 마음을 전한다.

닉네임을 어썸그로잉으로 바꾸더니 인생이 어썸 하게 그로잉 중인 그녀. 영어, 하브루타, 고전 읽기에 이어 코칭까지! 세 아들을 카니발에 싣고 전국을 누비며 수많은 할 일을 척척 해내는 그녀는 어썸 해도 너무 어썸! 씩씩함 속 섬세함으로 세상을 누비며 실행하는 N잡러 어썸그로잉. 따뜻한 남쪽 나라 싱그런 야자수처럼 쭉쭉 뻗는 시원한 그녀.

친절하고 상냥하다고 자타가 인정하는 나이지만 힘찬 토리님의 세심한 마음씨에는 KO패. 다정함으로 주변을 살피고 열정으로 자신을 살피는 조용한 카리스마 힘찬토리님. 멋진 수학 선생님이 나누는 그림책과 하브루타는 세상에 어떤 근사한 향기를 더할지! 봄을 알리는 환한 노랑 수선화처럼 내일이 더 기대되는 힘찬 토리님은 영원히 꺼지지 않는 원앤원의 빛.

비상이 일상인 공무원 밍님. 안정적인 철밥통인 줄 알았던 공무원의 민낯을 온몸으로 보여준 최연소 승진의 상징 밍님. 바쁜 일과와 비상 근무만으로도 탈진일 텐데 적당히 쿨하고 진지한 듯 유머러스한 글로 힐링과 미소를 전하는 멋진 작가님이다. 천상 내향형이 품고 있는 숨은 에너지에 요가와 명상을 더해 자신과 주변을 가꾸는 멋진 그녀. 익숙한 듯 새로운 반전 매력으로 사랑받는 하늘색 거베나처럼 멋진 글로 조용히 존재감을 드러내는 밍님. 잔잔하고 사랑스러운 미소로 원앤원에 온기를 더한다.

원앤원의 잔 다르크 고은샘. 원앤원의 평균연령을 낮춰주는 일등공신이지만 철저한 기획력에 추진력을 더해 언니들을 이끈다. 꽃다발 속 흰 백합이 아우라를 풍기듯, 해결사 역할을 하니, 이젠 모르는 게 있으면 고은샘을 부른다. "고은샘! 나, 이거 해도 돼? 고은샘, 나는 이거 골라? 저거 골라?" 연년생 남매를 예쁘게 기르며 사회복지사로 어르신도 돌보는데 언제 글 쓰고 언제 글쓰기 수업도 하는지…. 집에 남몰래 숨겨둔 로봇이 있는지 확인하진 못했지만, 일도 가정도 글쓰기도 최고로 살피는 그대는 동생이지만 든든한 언니!

3.
버츄로
단단해진 나

"자! 얼른 설거지하고, 다음엔 뭘 해야 하지?" 산더미 같은 설거지를 하며 머리를 굴리는데, 손가락에 물기가 느껴진다. 처음엔 긴가민가 싶더니 어느새 손가락 전체에 물기가 느껴진다. '새로 뜯은 지 며칠이나 되었다고 또 새는 거야?' 단전에서부터 짜증이 스멀스멀 올라오며 칠칠치 못한 내가 미워진다. 내가 쓰는 고무장갑은 왜 그리 자주 구멍이 나는 걸까?

축축함을 참고 설거지를 끝내고 고무장갑을 살펴본다. '어라? 구멍이 보이지도 않는데 어디가 잘못된 거야?' 젖은

손가락 부분을 죽 늘여보니 바늘구멍보다 조금 클까 말까 한 구멍이 났다. 삐죽한 걸 잘못 잡았나 보다. 나의 똥손 지수는 고무장갑 망가트리기까지도 접수한다. '그럼 그렇지, 역시 나야! 망가뜨리기 대장'

아이 둘 낳아 기르며 지낸 10년이 넘는 시간, 나는 보이지 않는 구멍을 가진 고무장갑이었다. 겉보기엔 멀쩡하다. 아무 문제 없어 보이지만 한창 설거지하다 보면 살금살금 물이 새기 시작한다. 하지만 괜찮다. 손의 다른 부분에는 지장 없이 설거지를 마칠 수 있다. 조금만 더 조금만 더 버티며 얼른 설거지를 끝내면 만사 오케이! 설거지를 끝내고 뒤집어 말리면 된다. 물기가 마르고 나면 다시 원래대로 뒤집어 사용하면 되니까. 잘 보이지 않던 구멍이 아주 조금씩 조금씩 커진다는 사실은 모르는 척할 수 있다.

서른넷 늦은 나이에 소울메이트를 만났다며 번갯불에 콩 볶듯 결혼한 나는 바로 임신하고 첫아이를 낳았다. 임신 초기부터 불안정한 상태라는 말을 듣고, 아토피로 온 얼굴에 붉은 반점이 덮인 나는 아기를 지키겠다는 굳은 의지로 일을 그만두었다. 엄마가 된다는 사명감이 가슴 저 밑바닥부터 솟구쳐 올랐다. 덩치에 어울리지 않는 어려운 임신 기간을 겪으며 둘째까지 낳는 것으로 파란만장한 임신과 출산은 마무리되었다. 물론 다음 단계는 겪지 않고는 상상할 수 없는 육아의 세계. 내 아이를 내 손으로 기르겠다며 전업맘의 세상으로 풍덩 뛰어들었다.

참으로 행복하고 감사한 시간이었다. 24시간 밀착 서비스로 인간이 인간에게 줄 수 있는 최고의 사랑과 헌신을 주었다. 꼬물거리는 단백질 덩어리가 만드는 작은 몸짓과 청아한 목소리는 그 어떤 음악보다 감미롭고 영화보다 감동이었다. 아기를 돌보며 눈 마주치며 느끼는 행복은 상상할 수 없이 컸다. 종일 먹이고 재우고 씻기고 옷 갈아입히고 놀고 치우고…. 전쟁터 같은 집구석에서도 행복한 엄마였다. 결혼할지가 의문이었던 내가 건강하고 어여쁜 두 아이의 엄마가 되다니, 행복과 감사로 충만하여 나라는 고무장갑이 구멍 나기 일보 직전임을 잊고, 아니 모른 체하며 시간은 흘러갔다.

참 열심히 살았지만 참 허덕였다. 살림은 해 본 적도 없고 하고 싶지도 않은 나는 하루하루 해 먹이고 치우고 쓸고 닦으며 점점 나를 잃어갔다. 목이 터지도록 그림책을 읽어주고 아이 발걸음에 맞춰 씰룩거리는 궁디 뒤를 따라다니며 나의 시간이 채워졌다. 동네에서 만난 좋은 친구들과 커피도 마시고 라면도 끓여 먹으며 빈 마음을 달랬지만, 사회와 나 사이에 두꺼운 유리 벽이 가로막고 있다는 차가운 느낌은 채워지지 않았다. '나는 자존감이 지하 8층으로 떨어졌어.'라고 우스갯소리로 말했던 건 유머로 승화하지 않으면 더 떨어질 것 같은 자존심의 보호장치였다. 하얀 비처럼 떨어지던 벚꽃 나무 아래서 내 이름도 자존심도 떨어져 내렸다. 보들보들 포동포동한 아이 손을 꼭 잡으며 나 자신을 위로했다.

지하 8층으로 내려앉은 자존감은 그림책 나라를 만나며 한 발씩 한 발씩 올라왔다. 아이를 위해 그림책을 읽으며 내면 아이가 치유되었고 인생의 깊이와 맛을 음미할 수 있었다. 그림책은 어두운 지하에 있던 나를 빛이 보이는 지상으로 데려다주었다. 자연스레 북스타트 봉사를 시작하며 오랜만에 세상에 인사를 건넸다.

"세상아! 나 여기 있었어! 나를 잊은 건 아니지?"

북스타트 봉사를 시작으로 학교에서 책 읽어주는 엄마, 구립 도서관 어린이 독서회로 엄마가 되기 전에는 알지 못했던 세상으로 들어갔다. 그리고 알았다. 나는 세상을 위해 쓸모 있는 사람으로 살고 싶다는 것을. 작지만 내가 할 수 있는 일을 하며 지내던 어느 날, 펜데믹 세상이 왔고 온라인 세상을 처음 만났다. 알라딘이 보석으로 가득한 동굴에 들어간 기분이랄까? 온라인 세상은 넓고 배울 것은 많았다.

그 중 솔솔 구멍 난 마음에 새살을 돋게 한, 버츄 프로젝트를 만났다. '세상 모든 존재는 소중하고, 미덕을 품고 있어 매일 연마하며 살아야 한다.'고 했다. 나는 존재 자체로 소중하다는 위로에 마음의 구멍이 메꿔지는 기분이었다. 내 마음이 단단해지니 자신감이 붙었고, 가족에게 감정적으로 대응하는 횟수가 줄어들었다. '버츄 하는 사람인데!' 이 정도는 인정의 미덕을 발휘할 수 있고, 화나는 마음은 관용의 미덕으로 돌아볼 수 있으며, 자신이 없어질 때마다 소신과 목적의식을 연마하려 노력한다. 큰 그릇이 되어 많은 것을 품고 세상에 사랑을 나누는 마음을 가지고 싶은 나. 그런 내가 되기 위해 오늘도 찬찬히 버츄카드를 읽고 필사한다.

내가 나에게 주는 사랑의 힘은 참으로 커서 내 안에 잠들어 있는 거대한 내가 서서히 깨어나는 느낌이다. 내가 나에게 주는 에너지는 마법을 일으켜 보이지 않는 울타리를 쳐준다. 나를 지키는 울타리가 견고하니, 나는 쓸데없는 말에 상처받지 않는다. 내가 나를 사랑하는데 내가 나를 지킬 수 있는데 무엇이 두려우랴. 쪼그라진 마음이 쫙 펴지니 내 마음 장갑의 구멍이 어느새 메꿔졌다. 돌보지 않았던 마음을 돌보고 나 자신에게 사랑을 전하며 나는 나와 화해했다. 다정한 내 몸과 마음은 서로의 손을 꼭 잡고 오늘도 한 걸음씩 걸어 나간다.

4.
나는 꿈꾸는
프로 삽질러

"권인선 님, 그래서 정확히 뭐 하는 분이세요?"

"저는 대학 졸업 후 6년 반 동안 직장을 다니다 유학을 떠났습니다. 미국에서 TESOL 석사학위를 받고 한국에 돌아와 대형 영어학원에서 토플을 가르쳤어요. 결혼 후 전업주부로 아이와 지내다 다시 일을 시작하려고 해요."

"그럼 지금까지 제대로 해낸 게 없다는 거네요? 다 하다가 중간에 그만두셨군요."

'쿵!'

마음이 바닥으로 곤두박질쳤다.

'40을 훌쩍 넘도록 해낸 것이 없는 사람.'

한순간에 추진력과 목표의식도 없는 무능력한 사람이 되었다. 내가 나를 정의한 것이 아니라 누군가에 의해 재단되었다.

'나는 지금까지 무얼 했지? 난 실패만 한 사람인가?'

하긴, 실패에 관한 이야기라면 내가 빠질 수 없다. 내 나이 열아홉, 종일 대학 입학시험을 치고 나오다 교문 앞에 서 있는 엄마를 본 순간 왜 그리 눈물이 나오던지. 나보다 더 가슴 졸이며 기도했을 엄마는 질질 눈물을 짜며 나오는 딸을 보고 어떤 마음이었을까? 엄마가 되기 전엔 헤아릴 수 없었던 그 마음. 세 번이나 낙방의 고배를 마시고 자존심에 구멍이 숭숭 뚫린 채 시작된 20대. 대입 실패라는 낙인으로 활발한 내게 어울리지 않게 방콕의 나날을 보냈다. 명문대 입학 실패를 보상받기 위해 대기업에서 일하고야 말겠다는 몸부림의 보상이었을까? 감사하게도 우리나라에서 두 번째로 큰 회사에 입사했다. 구겨졌던 자존심을 펴며 시작한 직장생활. '이제 여기서 열심히만 하면 된다! 내 진가를 보여주리라!' 결심했다.

그런데 왜 인생은 늘 계획대로 흘러가지 않는 걸까? 시키는 대로만 하면 될 줄 알았던 직장생활은 적성에 맞지 않는 숫자 업무로 몸과 마음에 병을 주었다. '이렇게는 안 되겠다'라는 두려움에 나는 무엇을 좋아하고 어떤 것을 잘하는지, 20대가 다 지날 즈음에야 생각해보았다. '나는 사람 틈에서 함께하고 가르치는 것을 좋아하는 사람이었구나', 마음이 내는 소리를 그제야 들었다.

인생을 바꾸겠다는 결심으로 유학을 준비했다. 벼랑 끝에 선 간절함으로 3개월 만에 준비를 마치고 미국으로 떠났다. 행복하고 뿌듯했던 시간만큼 안되는 영어와 어려운 공부, 종종 겪은 인종차별에 눈물 흘리면서도 직장생활의 실패를 만회하려 애썼다. 지금까지의 시행착오를 되풀이할 수 없기에, '나는 하루살이다.'라는 각오로 순간순간을 버텼다. 한국에 돌아와 꿈꿨던 영어 강사 생활을 하며 물 만난 고기처럼 행복한 시간을 보냈다. 하지만 내 아이는 내가 키우겠다며 3년의 영어 강사 생활을 접었다. '정상에 오르기 전에 내려온 나는 실패자 혹은 포기한 사람일까?'라는 질문이 마음속 호수에 돌을 던지곤 했다.

행복한 엄마가 되었다. 눈에 넣어도 아프지 않다는 말을 알려준 어여쁜 아이들. 착하고 성실한 남편. 실패자의 딱지를 떼고 드디어 세상이 말하는 성공을 이뤘다고 안도했다. 하지만 사람은 쉽게 변하지 않는 법. 나는 주부였지만 살림보다 바깥세상에 관심이 많았고, 세상에 이바지하고 싶었다. 어느새 주변 엄마들과 아이들을 위한 독서 동아리를 만들었고 구립 도서관에서 봉사를 시작했다. 아이들이 입학하니 학교 일도 참여하고, 책 읽어주는 어머니로 도서관 봉사 시간이 늘어갔다. 좋아하는 사람들과 아이들을 위한 일을 하며 뿌듯하고 행복했다. 경제력은 없지만 좋은 일을 하는 엄마로 과거의 실패는 잊었다.

　　지금 나는 다양한 진로 강의로 청소년에게 비전과 희망을 전하는 진로교육 전문가다. 존재 자체로 빛나는 나를 찾는 길로 안내하는 버츄 퍼실리에이터다. 자신의 마음을 살피고 돌보도록 돕는 심리유형 분석사다. 말과 글로 타인과 공감하고 위로하는 작가다. 나는 제대로 해낸 것이 없는 실패자가 아니라 다양한 도전으로 날마다 성장하는 내 인생의 개척자다.

　　지난날을 돌아보니 숱한 실패와 도전이 지금의 나를 만든 일등공신이었다. 여긴가 파보고, 저긴가 또 파보고, 이 길이 아니면 저 길을 향하며 진정한 삽질러의 인생을 살아왔다. 할머니가 되어도 여기저기 기웃거릴 나를 그려본다. 아마 친구들 꼬드겨 함께 의미 있는 일을 하고 있겠지? 그 삽질들에 벌써 설렌다. 도전과 실패를 두려워하지 않는 나는 꿈꾸는 프로 삽질러다.

5.

엄마의 춤바람

"언니! 줌바 배우러 가실래요?"

루치아의 솔깃한 한마디에 용기를 내어본다. 내가 과연 줌바를 배울 수 있을까? 춤추는 내가 상상이 안 된다만, 뭐 안되면 말고! 한번 해 보자! 쉰 살의 몸이 서른 살의 의욕으로 줌바 댄스반에 등록했다. 엄청 신나고, 엄청 살 빠지고, 엄청 에너지가 필요하다는 줌바. 남미에서 시작되어 화려한 옷을 입고 열정적으로 몸을 흔드는 줌바의 세계로 티케팅 완료!

세상에 내 맘대로 되는 게 참으로 없다만, 내 몸뚱이조차 내 맘대로 안 된다는 슬픈 진실을 만났다. 마음속 나는 강사님처럼 유연하게 리듬을 타고 있지만, 거울에 비친 나는 두툼한 통나무. 커다란 통나무가 이리 뒤뚱 저리 뒤뚱 쭈뼛쭈뼛 어쩔 줄 모른다. 아이들이 말하는 안습의 현장. 현란한 발동작과 손동작을 따라 해보지만, 속도와 정확성 모두 땡! 몸도 마음도 머리도 따로 노는 상황에 이것이 멘붕임을 깊이 느꼈다. 신장개업하는 가게 앞 흐늘거리는 인형도 못 되는 나, 조용히 포기해야 하나?

실은 너무 쑥스러웠다. 이 나이에 춤을 배우러 간다는 것도, 진짜 몸치인 내 실력을 보이는 것도 모두 창피했다. 아무도 나한테 관심이 없다지만 뻣뻣한 모습을 들키기 싫었다. 사방이 모두 거울인 강의실. 커다란 내 몸을 조금이라도 숨길 수 있길 바라며 맨 뒤 구석에서 수강 포기와 버티기 사이에서 고민의 시간을 보냈다. 그래도 신나는 음악에 맞춰 땀을 비 오듯 흘리며 저세상 텐션으로 서른 명을 가르치는 선생님을 보는 즐거움으로 열심히 출석했다. 그녀의 몸에 내 얼굴만 합성하여 상상하는 짜릿함! 내가 원한 게 이거였나?

'내 비록 꿰다 놓은 보릿자루처럼 쑥스러움을 감추지 못하고 조용히 서 있다만, 뭐 움직이지 않는 것보다야 오는 게 낫겠지!' 혼자 속으로 변명거리를 만들며 하루하루 한 주 두 주…. 그렇게 줌바는 꼐꼬닥 엎어져 있던 내 일상에 스타카토처럼 통통 튀는 한 방이 되었다. 잔잔한 수묵화에 형광 물감이 톡톡 스며들었다.

그렇게 줌바를 다닌 지 어언 3주. 주로 내 근처에서 수강하던 분을 우연히 관찰했다. 키도 크고 날씬하고 얼굴도 예쁘던 분. 운동복도 이쁘고 걸음도 당당하다. 진짜 멋지다! 줌바반 최고 우등생일 것 같던 곱디고운 분. 어쩌다 거울 속 그녀의 춤을 보게 되었는데, 이게, 웬일? 길고 가는 나뭇가지가 덩실덩실 춤을 추고 있는 게 아닌가? 나의 예상을 보기 좋게 빗나간 그녀는 혼신의 열정으로 막춤을 추었다.

'와!!! 저렇게 못 추면서 저렇게 열심히 추다니 심히 감동적인데?' 콧물을 뿜으며 웃을 뻔한 순간을 입술 꽉 깨물며 무사히 넘겼다. '근데 나 왜 이리 기쁘고 위안이 되는 거야? 나만 못하는 게 아니었네, 앗싸!' 속으로 웃으며 선생님의 스텝을 다시 바라본다. 오른발 왼발 왔다 갔다 동시에 팔까지 위로 아래로. 통나무 친구가 있다는 사실에 행복해하며 조금 과감히 리듬을 탔다. 다음 시간, 늘 중간에서 열심히 하시는 분을 보게 되었다. 60은 훌쩍 넘어 보이던 그녀는 음악에 취해 현란한 스텝을 밟고 계셨다. 나는 땀이 맺히는 정도인데 그녀는 옷이 흠뻑 젖을 정도니 얼마나 열심히 춤추고 있는 거야? 그녀의 열정과 자신감에 감동과 존경이 종합선물세트로 밀려왔다.

손동작 발동작을 따라 하기 어려워 주변을 볼 여유가 없어 몰랐다. 다음 시간에 살펴보니 30여 명의 수강생 대부분이 중년 여성이고 5, 60대가 절반쯤 돼 보였다. 우리 반 수강생들 진짜 멋진데? 남 신경 쓰지 않고 지금, 이 순간, 음악과 나의 몸과 박자만 신경 쓰며 최고의 집중력으로 몰입하는 프로 인생 즐기미들! 이렇게 아름답고 황홀한 순간을 함께하다니! 자기가 속한 세상에서 하루를 마친 서른 명이 맘껏 즐기며 내뿜는 에너지는 얼마나 거대할까? 직원으로 사장으로 엄마로 며느리로 딸로 살아온 순간에서 벗어나 오로지 음악과 내 몸에만 집중하는 시간! 거의 한 달을 '나는 몸치'라는 것에만 신경 쓰며 온전히 즐기지 못한 나, 바보 천치처럼 한심스러웠다. 남의 눈치는 왜 그리 보는지. 통나무건 버드나무 가지건 무슨 상관이야?

나만 행복하면 되지.

나만 즐기면 되지.

나는 이제 그 순간을 온전히 즐기려 노력한다. 나는 열정의 미덕을 발휘하며 땀 흘리고 기뻐함의 미덕으로 행복을 찾고 소신의 미덕으로 나만의 시간을 갖는다. 줌바에서 찾은 미덕으로 나의 일상에 비타민을 꽉꽉 채운다. 춤추며 인생을 배우는 나는 행복한 엄마다!

가치성장연구가 & HRD퍼실리테이터
밸류비스 대표
『인생 뒤집기 공부법』(2016) 저자

블로그 https://blog.naver.com/jerucia
브런치 https://brunch.co.kr/@valuevis

'진정한 행복은 자기 경영이다'라는 모토로 지식큐레이터의 삶을 살고 있다.
대한민국에서 여성으로 태어나 결혼, 임신, 출산, 유산, 육아를 경험하며 15년간의 조직 생활을 접고, 여성으로 커리어를 유지하기 어려운 나의 개인적인 연구문제를 해결하기 위해 프리에이전트의 길을 걸어가고 있다. 여성리더십에서 젠더통합리더십으로, 포용의 리더십에서 DEIB(Diversity 다양성, Equity 형평성, Inclusion 포용성, Belonging 소속감)로 기업교육을 주로 하며 행복한 조직 만들기에 앞장서고 있다.
지식과 경험을 공유하고 변화를 원하는 분들의 방향성을 찾아주며 더불어 성장하고, 행복한 세상을 만드는 삶을 소명으로 삼고 있다.

2장

박혜형

(밸류비스)

1.
넓어지는
원

아이를 낳고 키워보지 않았다면 나는 과연 나를 제대로 안다고 자신 있게 말할 수 있었을까? 그렇지 못했을 것이다.

나의 삶은 아이를 낳기 전과 낳은 후로 명확하게 구분된다. 긍정적이고 외향적인 사람이라 자부했던 나는 스스로를 꽤 잘 알고 있다고 자부했다. 그랬기에 좋은 부모가 될 것이라는 확신 또한 컸다. 하지만 나의 의지와 상관없이 불가항력적으로 발생하는 일들 앞에서 나는 자주 통제할 수 없는 삶에 놓이게 되었다. 슬프게도 출산 후 내 본성에 대해 좀 더 깊이 알아버리고 말았다. 나의 이중적인 면을 발견할 때마다 그런 나를 직면해야 하는 순간들이 마음을 너무 불편하게 만들었고 바늘로 콕콕 찌르듯이 가슴을 후벼 팠다.

"엄마, 저는 벚꽃이 좋아요. 벚꽃은 엄마를 닮아 예뻐요, 엄마 사랑해요."

"엄마, 아프지 마세요. 엄마가 힘들지 않았으면 좋겠어요."

그런 순간에도 아이는 자주 다정하고 속 깊은 말들을 전하며 나를 자주 벅차게 만들어주었다. 반복된 유산으로 예전의 건강했던 에너지를 많이 잃어버린 내게 아이는 존재만으로 큰 기쁨이었다.

그런 아이 앞에서 나는 어떻게 좋은 엄마가 되어야 하는지, 어떻게 아이를 키워야 잘 키우는 것인지 확신이 서지 않았다. 육아서를 찾아 읽고, 나름 아이를 존중하며 키워보려 애썼다. 하지만 아이가 초등학교에 입학하면서부터 양육뿐 아니라 교육과 교우관계 문제까지 나는 더 갈피를 잡지 못한 채 우왕좌왕 마음만 바빴다.

만혼에 아이를 낳다 보니 내 아이 또래의 자녀를 둔 엄마들을 만날 기회가 많지 않았다. 내가 가진 직업의 특성인지 내 주변엔 싱글이나 딩크족이 많았고, 물리적인 거리를 두고 살고 있는 친언니들의 아이들은 벌써 대학생이나 직장인이 되어버렸다. 요즘의 양육방식과는 사뭇 다른 언니들의 조언은 내게 별다른 도움이 되지 못했다.

그런 나에게 블로그를 통해 아이도 잘 키우고, 자기 계발도 열심히 하는 엄마들이 나타났다. 그녀들은 육아뿐 아니라 책 또한 많이 읽는 독서가들이었다. 책 편식이 심한 내가 그녀들이 소개하는 그림책과 소설책들을 접하면서 가정 경영도 잘하는 엄마들의 세계가 진심 궁금해졌다. 내가 연구하고 있던 다양성 측면에서도 그녀들은 나의 호기심 대상이었다.

갑작스러운 시어머니의 병환과 소천으로 뜻하지 않게 인생의 큰 변화가 찾아왔던 재작년, 나는 그녀들의 진심 어린 글과 마음의 위로로 큰 위안을 얻을 수 있었다.

그렇게 나에게도 온라인 친구들이 생겼다. 원앤원은 지금껏 내가 만나지 못했던 다양한 분야의 엄마들이 모여 있는 곳이다. 저마다 다른 색깔을 가진 엄마들이 보여주는 아이들을 향한 사랑과 양육 철학을 만나며 나는 그녀들이 점점 더 좋아졌다. 그리고 내게는 든든한 육아 멘토들이 생겼다.

'이곳에서는 무슨 말을 해도 괜찮아, 안전해, 실수해도 날 비난하지 않아.'

내가 기업교육에서 줄곧 이야기하며 강조해 왔던 지금 시대에 필요한 심리적 안전감, 원앤원은 심리적 안전감을 주는 곳이자 우리만의 안전지대이다.

넓은 원을 그리며 나는 살아가네
그 원은 세상 속에서 점점 넓어져 가네
나는 아마도 마지막 원을 완성하지 못할 것이지만
그 일에 내 온 존재를 바친다네
– 라이너 마리아 릴케의 「넓어지는 원」 중에서

자신의 원 안에 다른 원을 초대하며 조금씩 자신의 원을 넓혀 나가고 있는 엄마들은 지금 각자 점점 더 '넓어지는 원'을 만들어가고 있다.

2.

마지막
통화

"준석 어미네, 뭔 일 있어?"

"어머니 몸은 좀 괜찮으신 거예요? 병원 갔다 오셨어요?"

"어, 걱정하지 마. 병원 갔다 왔어. 주사 맞았더니 가뿐
해. 걱정하지 마. 괜찮아."

"어머니, 입맛 없으셔도 식사 잘하시고요."

"어. 주사 맞고 좋아졌어. 내 요참에 주사 한 대 더 맞
아야겠어. 걱정하지 마. 바쁜 사람이 신경 써주고 고마워. 바쁠
텐데 걱정하지 말고. 아무 걱정하지 마. 준석이 봐줘야 할 일 생
기면 얘기하고."

이것이 시어머니와 마지막 통화가 될 줄은 꿈에도 몰랐다.

늦은 나이에 결혼하고 가정을 꾸려가면서 나오는 전혀 다른 삶의 방식을 가진 시댁과의 마찰은 타고난 나의 긍정성에 자주 스크래치를 내었다. 시부모님의 도움을 받으며 복직하고, 일해야 되는 상황에 나는 애써 그 불편한 마음을 눌렀다.

그렇게 좋지도 나쁘지도 않은 관계를 유지하려 애쓰던 어느 날, 시어머니가 예전 같지 않음을 느끼게 되었다. 서둘러 검사를 해 본 결과 시어머니는 이미 알츠하이머에 뇌핏줄이 터져있는 위중한 상태였다. 코로나가 한창이던 21년 6월, 손자를 보는 것이 유일한 낙인 시어머니는 손자가 눈앞에 있음에도 더는 일어나지 못하셨고, 며칠 후 응급실로 이송되었다.

이미 뇌에 핏줄이 터져 15시간의 대수술을 받아야 했다. 병원에서 수술이 잘되었다고 했지만, 시어머니는 하반신 마비에 의식까지 돌아오지 않았다. 며칠 후 다행히 의식은 돌아오셨지만 뇌는 제 기능을 할 수 없는 상황이 되었다. 중환자실에서 석 달을 머무는 동안 코로나로 가족 면회가 1명밖에 되지 않아 나는 단 한 번도 시어머니 얼굴을 볼 수 없었다. 더는 희망 없는 시간을 보낼 수 없어 요양병원으로 모시던 날, 너무나도 변해버린 시어머니의 얼굴을 보며 하염없이 눈물을 흘려야 했다. 요양병원에서 한 달여를 보낸 어머니는 평소 자식들에게 절대 폐 끼치지 않는다고 입버릇처럼 말씀하시더니 그렇게 홀연히 가족 곁을 떠나셨다.

부모님의 부재가 처음은 아니었다. 내가 19살이 되던 해, 갑작스럽게 아빠가 돌아가셨다. 하지만 나는 살아남은 자로서 내 삶을 살아내느라 아빠의 죽음에 대해 깊이 생각할 여유를 갖지 못했다. 그리고 어느새 한 아이의 엄마가 되었고, 중년이 되었다. 중년이 된 나에게 시어머니의 갑작스러운 병환과 소천은 인생의 유한함과 죽음을 깊이 성찰하게 했다.

결혼 후 새롭게 추가된 아내, 며느리, 엄마라는 자리는 나에겐 너무 어렵고 힘든 역할이었다. 그리고 더 나은 미래를 위해 선택했던 프리에이전트의 삶 또한 녹록지 않았다. 한 아이의 엄마가 되고 둘째를 가지려던 노력이 번번이 실패하면서 나의 몸과 마음은 점점 더 만신창이가 되어갔다.

'모든 일은 마음먹기에 달렸고 나는 그 일을 해낼 수 있다!'

타고난 긍정성과 에너지로 모든 일에 있어 나는 최선을 다하며 성과를 내던 사람이었다. 그랬던 내게 마음먹은 대로 되지 않는 일들이 반복되었다. 모든 것이 나의 선택이었다는 생각이 들자 자기비난과 자기비판은 극에 달했다. 그런 나를 인정하고 수용하는 데까지 몇 해의 시간을 보내야만 했다.

그러다 강제적 쉼이 내 삶에 찾아왔다. 그 시간을 통해 나를 돌아보고 자기성찰의 시간을 가지게 되면서 진정 내가 하려는 것이 무엇인지를 들여다볼 수 있었다. 어떤 삶을 살 것인지 조금씩 정리가 될 무렵, 시어머니의 병환과 소천은 잠시 잊고 있던 나의 소명을 다시금 재정비하게 해주었다.

당신께서 많이 배우지 못했고, 할 줄 아는 것도 없어 못 했지만, 여자도 사회 활동을 하고 큰일을 해야 한다고 내 일을 적극적으로 밀어주셨던 시어머니. 당신의 인생에 당신은 없고 가족만 있었던 우리네 어머니들의 삶에 대한 보상을 위해서라도 나는 묵묵히 내가 가던 길을 멈추지 않고 걸어간다.

3.
자기 돌봄

　　"박혜형 님, 너무 속상하시겠지만, 마음 잘 추스르셨으
면 좋겠어요." 담당 의사가 손을 꼭 잡아주며 위로의 말을 건넨
다. 깜박깜박 천장의 푸른색 형광등을 쳐다보며 멍해진다. 또
르르 눈물이 흐른다.

　　나는 2017년부터 '진정한 행복은 자기 경영이다'라는
신조로 성인들을 대상으로 내 인생 HERO 만들기 프로젝트를
리딩해 오고 있었다. 나의 강점이라고 생각했던 긍정적인 성격
과 낙관주의는 세 번의 유산으로 탈탈 털리며 내 안의 긍정성

을 더 끌어 올리기 힘든 상황이 되었다. 두 번째 유산까지는 어떻게서든 긍정심리학도로서, 자기 경영과 리더십 강사이자 코치로서 긍정 훈련을 하며 힘든 상황을 극복하기 위해 노력했다. 오히려 우주가 이번 기회에 건강도 잘 돌보고 잠시 쉬어가라는 메시지를 주시는가 싶어 긍정적으로 받아들이려고 노력했다. 그리고 기적처럼 우리 가족에게 새로운 생명을 선물로 주신 줄 알았다.

세 번째 기회는 어떻게든 잡아보기 위해 나는 대외 활동을 모두 중단하고, 임신 유지를 위한 보약을 먹으며 집에 누워만 있었다. 간절히 원하면 이뤄진다고 했던가? 늦은 나이에 이렇게 새 생명을 잉태할 수 있는 것만으로도 너무 감사했다. 그러나 그 행복의 시간은 잠깐 스쳐 지나갔을 뿐, 세 번째 유산은 다시금 헤어 나올 수 없을 정도로 나를 동굴 속으로 들어가게 했다. 내 인생이 뭔가 크게 잘못되었다는 느낌이 들었다. 그때 당시 진행하고 있던 여러 가지 일들 또한 뭔가 잘못되었다는 느낌이 들었고, 인생의 근간이 되는 모든 것들이 다 흔들렸다.

반복된 유산으로 체력이 심하게 떨어졌고, 무릎 관절이 좋지 못해 제대로 걷지 못했다. 거의 6개월간 집 밖을 나가지 못하며 칩거 생활을 하게 되었다. 인간 박혜형의 삶을 부정하고 싶었다. 사는 게 싫었다. 나름 노력하며 살아온 내 인생이 아무것도 아닌 것 같았다. 그렇게 나를 내팽개치며 보내던 중 팬데믹으로 칩거 생활은 더 길어지게 되었고, 나를 좀 더 객관적으로 바라볼 수 있는 시간을 가지게 되었다. 중단했던 박사 과정을 이어가며 내가 진정으로 원하는 것이 무엇인지, 이제까지 알고 있던 '나'라는 사람이 어떤 사람인지 좀 더 깊게 관찰하는 시간을 가질 수 있었다.

봉오리는
모든 만물에 있다.
꽃을 피우지 않는 것에게도.
왜냐하면 모든 것은 그 내면으로부터
스스로를 축복하며 피어나기 때문.
그러나 때로는 어떤 것에게 그것의 사랑스러움을
다시 가르쳐 주고
봉오리의 이마에 손을 얹으며
말로, 손길로 다시 말해 주는 것이 필요하다.
정말 사랑스럽다고.
그것이 다시금 자신의 내면으로부터 스스로를 축복하

며 꽃을 피울 때까지.

…후략…

– 골웨이 키넬 「봉오리」 중 일부

'모든 꽃은 자기 내면으로부터 스스로를 축복하며 피어난다.'는 이 문장은 자기비하, 자기비난, 자기비판에만 사로잡혀 있던 나에게 진정 필요한 것은 자기축복이라는 것을 알게해 주었다. 내면에서 스스로를 축복할 때 우리도 꽃으로 필수 있다는 것, 모든 꽃은 스스로를 축복한 결과라는 것, 자기축복의 과정이 없으면 봉오리는 '꽃'이라는 완성을 경험할 수 없다는 것을 알게 되었다. 그렇게 나에게 진정 필요한 것은 '나는 사랑스러워.'라고 자신에게 말하고 나를 돌보는 것에서부터 시작된다는 것을 다시금 일깨워 주었다.

다시 새벽 기상을 시도하며 모닝 루틴을 실천했다. 화장실의 거울을 보며 하이파이브를 하고, 음양탕을 마시며 나의 건강에 축복을, 톨스토이의 사색노트를 쓰며 나를 발견하는 시간을 가졌다. 긍정 확언과 마음 챙김 필사를 하며 자기축복을 이어 가고, 독서로 마음의 에너지를 채우고, 산책하며 몸의 에너지를 채우는 시간을 보냈다. 그렇게 오롯이 새벽에 자기 돌봄의 시간을 가지며 나는 나와 화해하는 법을 배웠다. 세상의 모든 것에는 다 이유가 있다. 나는 진정한 자기축복의 과정을 배우기 위해 어찌 보면 세 번의 아픈 경험을 했을지도 모른다는 생각을 한다.

자기축복의 힘이 조금씩 커지면서 다른 사람들의 봉오리를 발견하는 일을 좀 더 적극적으로 하고 도움을 줄 수 있는 곳들에 미약하나마 나의 역량을 발휘하는 삶을 살아가고 있다. 이러한 자기 돌봄을 통해 지금은 자신 있게 자기 경영, 리더십 강의를 해 나갈 수 있게 되었다. 과거의 내가 이론으로 무장한 강사였다면 이제는 경험을 바탕으로 좀 더 공감하는 강사가 되지 않았나 생각한다.

'나는 나를 사랑한다. 나는 내가 좋다. 나는 내가 참 좋다.'

이제는 이 말을 가식처럼 내뱉는 게 아니라 자연스럽게 내뱉을 수 있게 되어 참 감사하다.

4.
의미 있는
삶을 위하여

"두 번째 삶을 사는 것처럼 살아라. 그리고 첫 번째 삶에서 했던 잘못된 행동을 지금 다시 하려는 것은 아닌지 살펴라!"

- 빅터 프랭클

삶은 유한하다. 자신의 유한성을 알고 더 의미 있는 삶을 사는 것이 바로 필생의 사업이다. 나는 매일 성장하는 삶을 살려 하고 어제보다 나은 오늘이 되기를 기대한다. 그렇게 성장은 내 삶의 중요한 가치이기도 하기에 나는 뭔가 배우는 것을 즐기는 편이다.

15년간의 직장생활을 접고 나는 프리에이전트의 삶을 살아가고 있다. 프리에이전트의 길을 걸으며 나 자신에게 가장 아쉬운 것은 어릴 때 독서와 글쓰기를 별로 하지 않았다는 점이다. 어릴 적 나는 소위 꽤 말을 잘한다는 소리를 듣는 아이였다. 말싸움에서도 져 본 적이 없고, 선생님을 상대해야 하는 어려운 자리에서도 설득력을 갖춰 기죽지 않고 당당하게 맞서는 담력도 가지고 있었다.

그래서였을까? 나는 내가 정말 말을 잘하는 사람이라 생각하며 살았다. 그것이 내 인생의 큰 오산이었다는 것을 프리에이전트의 삶을 살면서 알게 되었다.

나는 운 좋게 직장이라는 울타리 안에서 좋은 직장 동료들을 만났고, 내 의견을 귀담아 주는 상사를 모셨다. 그랬기에 내가 해 볼 수 있는 것들은 다 해 봤다고 자만하며 언젠간 걸어야 할 프리에이전트의 길에 겁 없이 나섰다. 물론 당시 회사는 M&A가 되어 명예퇴직을 받고 있었고, 나는 워킹맘으로 육아를 병행하며 유산으로 건강이 좋지 못해 직장생활을 유지하기가 쉽지는 않았다. 여러 가지 복합적인 요인이 한데 섞여, 퇴사를 선택하는 것이 앞으로의 미래를 위해 내가 선택해야 할 최선의 것이라 생각했다.

　나는 퇴사와 동시에 첫 책을 출간하면서 책이 좋은 반향을 일으킬 것이라고 기대했지만 나의 첫 책은 처참하게 실패했다. 출간 목표에 맞춰 100여 권의 책을 읽고 분석하며 나만의 스토리로 준비했지만, 필력이라는 것은 그렇게 쉽게 만들어지는 것은 아니었다. 나의 독서와 글쓰기는 이제까지 나의 일을 수행하는 데 꼭 필요했던 생존 수영 같은 것이었음을 그제야 깨달을 수 있었다. 그래도 나의 첫 책 출간은 전 직장 동료들의 부러움이었고, 출간 기념회나 연사로 초청받는 기회를 주었다. 그렇게 전문 강사로서의 꽃길만 기다릴 줄 알았다.

　그러나 그 기대는 아주 잠깐 반짝 빛나고 끝이 나고 말았다. 전문 강사를 업으로 하는 삶은 더 이상 즐겁지 않았다. 취미와 업은 분명히 다른 스킬을 요구하는 것이었고, 나의 부족한 면이 자꾸 보이기 시작했다. 그리고 이전까지 내가 잘한다고 생각했던 모든 것들은 그냥 평범함에 그친다는 것을 알게 되었고, 첫 책은 숨기고 싶은 흑역사가 되었다.

프리에이전트의 길을 걸으며 나는 좀 더 나를 객관적으로 볼 수 있는 시간을 가질 수 있었다. 나는 꽤 목표지향적인 사람이다 보니 목표를 정하면 그 목표를 반드시 이루긴 하는데, 그 과정에 신중함이 다소 빠져 있었다는 것을 알게 되었다. 급한 성격에 목표 달성에만 급급했던 나는 단기간에 몰입하여 성과를 만들어 내는 것에 익숙했고, 시간이 필요하고 담금질이 필요한 것들을 잘 견디지 못했다. 대표적인 것이 바로 첫 책이었다.

그러나 흑역사로 여겨졌던 내 책은 나를 객관적으로 바라보게 만드는 계기가 되었다. 업계의 다양한 사람들과의 교류를 이어주는 매개체이자 훌륭한 스승님들을 만날 기회도 가져다주었고 나의 사고를 확장하게 해 주는 계기도 되었다. 물론 이렇게 생각할 수 있는 데까지는 몇 해의 시간이 걸렸다.

세 번의 유산으로 인한 건강 악화, 코로나로 인한 강제적 쉼, 나는 다시금 중단했던 학업을 이어가는 배움을 선택했다. 잠시 중단했던 박사 과정을 이어가며 대한민국에서 여성으로 태어나 결혼, 임신, 출산, 유산, 육아 등을 경험하며 경력을 유지하는 게 너무나도 어려운 나의 연구 문제를 해결하고 싶었다. 그렇게 나의 개인적인 문제에서 시작된 여성 경력개발 연구는 학문적 기반을 쌓으며, 여성리더십에서 젠더통합리더십으로, 포용의 리더십에서 DEIB(Diversity 다양성, Equity 형평성, Inclusion 포용성, Belonging 소속감)로 이어지게 되었다.

오늘도 배움과 성장의 끈을 놓지 않고 나를 찾아가며 살아가는 지금의 삶에 내가 지키고자 하는 사명을 보탠다.

"지식과 경험을 공유하고 변화를 원하는 분들의 방향성을 찾아주며 더불어 성장하고, 행복한 세상을 만드는 일을 합니다."

밸류비스 박혜형으로 내가 의미 있는 삶을 사는 이유다.

5.

아이는 나의
역할인연이자 스승

"엄마, 저 숙제하고 있어요. 엄마, 아빠가 말하지 않아도 제가 알아서 혼자 했어요."

"오~~ 쭈니 대단하다!"

"엄마, 고수, 중수, 하수가 있는데요. 고수는 누가 시키지 않아도 자기가 알아서 자기 일을 하는 사람이에요. 그리고 가장 중요한 건 즐겁게 하는 거예요."

"어 맞아. 쭈니는 고수네, 대단하다 정말!"

"그죠? 엄마, 저는 누가 시키지 않아도 혼자서 알아서 하는 고수예요."

일을 마치고 귀가가 늦어져 마음이 불편하던 어느 날, 나보다 먼저 집에 도착한 초등학교 2학년 아이는 엄마에게 고수의 면모를 보여주었다. 그리고 나에게 인생의 고수, 중수, 하수 중 어떤 삶을 살고 있는지 질문하게 했다.

나는 아이를 키우면서 아이는 나의 역할인연이자 스승으로 인생의 깨우침을 주기 위한 존재라는 생각을 많이 하게 된다. 역할인연이란 '그 사람이 나에게 어떤 특정한 역할을 행하기 위해 만나는 인연'이라는 뜻이다. 분명 아이는 내게 하늘이 준 선물이다.

결혼 후 출산과 여러 번의 반복된 유산으로 나는 삶의 한복판에서 카오스와도 같은 복잡한 시간을 보냈다. 그때껏 육체적으로나 정신적으로나 나 스스로 통제하지 못하는 삶을 살아본 적 없었기에 그 시간은 내게 나라는 사람에 대한 정체성마저 뒤흔드는 위기의 시간이었다. 그러나 아이가 태어나지 않았다면, 나는 진정 나의 삶에 중요한 질문들을 던지지 못했을 것이다. 조금 더 성숙한 인간이 되기 위한 노력도 하지 않았을 것이다.

아이가 말했던 인생 고수 이야기처럼 아이는 엄마인 나 자신을 수시로 들여다보게 만드는 거울이었다.

만약 아이를 낳지 않았다면 나는 유모차를 끌고 대중교통을 이용할 때의 불편함에 대해 알지 못했을 것이다. 아이를 어린이집, 유치원, 학교에 보내지 않았다면 대한민국 교육정책에 대해, 사회현상에 대해 이렇게 관심 있게 바라보지 않았을 것이다. 아이는 내가 경험하지 못한 새로운 세상의 문을 열어주었다. 아이는 내가 세상을 더 크게 바라볼 수 있게 시야를 넓히게 해 준 존재이다.

"엄마, 돌아가시는 게 뭐예요?"
"하늘나라에 가면 뭐 해요?"
"하늘나라 가면 좋은 거예요?"

세상에 대한 의문과 호기심이 많은 아이는 삶의 본질에 대한 질문들을 수시로 나에게 던진다. 꽤 많은 것을 알고 있다 자부하며 살았다. 그런 내가 엄마가 되니 정확하게 정의 내리지 못하는 세상의 많은 것들 앞에서 겸손을 배우고 더 많은 배움의 끈을 놓지 말아야 함을 깨닫게 된다.

한창 게임에 관심을 보이는 아이지만 자신과의 약속도, 엄마와의 약속도 지키기 위해 아이는 정해진 시간에만 게임을 하고 있다. 하지만 그렇게 학원 버스에서 오가는 시간에만 잠깐씩 하는 투자로는 원하는 만큼의 레벨을 달성하기는 어려운 모양이다.

"네 아이템 별로다!"
"게임 되게 못하네!"

여린 아이는 학원 버스에서 친구들이 쉽게 뱉어버리는 말들로 상처를 입고 집으로 돌아와 눈물을 보였다. 아이의 속상한 마음을 다독여 주고 안아주면서 또 타인의 말에 감정이 휘둘렸던 나를 확인했다. 내 삶의 리더십 상태가 부재했을 때 쉽게 타인의 말에 흔들릴 수 있는 거라고 아이의 눈높이에 맞춰 설명해주면서 그 마음을 지켜보는 내 마음 또한 같이 달랐다.

"엄마, 제 인생 마지막 목표가 뭔지 아세요? 바로 천국에 가는 거예요. 천국에 가서 엄마 아빠를 만나는 거예요. 그리고 두 번째 목표는 태양계 모든 행성에 사람이 살 수 있도록 하는 거고요, 세 번째 목표는 가난한 사람들에게 도움을 주는 사람이 되는 거예요."

속상한 마음이 진정되자 아이는 인생 고수의 목표들을
털어놓았다. 이제 열 살이 된 아이를 통해 나는 또 그렇게 한 수
배운다. 인생 고수의 목표를 가진 아들을 잘 키우기 위해 나는
적어도 하수의 삶은 살지 말자고, 중수 이상의 삶을 살아보도록
노력해 보자고 다짐한다.

나의 지식과 내가 가진 경험을 나누며 실천하는 삶.
일과 삶의 경력개발 프로젝트 리더이자 부모라는 정체
성을 잊지 않으며 오늘을 충실히 살아야 하는 이유, 내 아이는
나의 역할인연이자 스승이다.

브런치 작가

블로그 서평 300여 권

블로그 https://m.blog.naver.com/baega67
인스타 https://www.instagram.com/blackbean1128
브런치 https://brunch.co.kr/@baega67

성장기 주부로 평범함을 추구하며 살았다. 사고처럼 느닷없이 닥친 갱년기에 휘청거리고, 우울증에 흔들리면서 삶의 신호등이 되어준 책 읽기와 글쓰기로 나를 붙잡았다. 책으로 알게 된 사유의 시간으로 삶을 들여다보고, 블로그에 '책에 나를 담다'로 자아를 찾는다. 그렇게 보고 찾으며 '감수성과 이성의 주체'로 브런치에 '올드우먼의 리딩과 라이팅'을 쓰는 주부로 오늘을 살아가고 있다.

3장

배경연

(블랙빈)

1. 블로그로
나를 풀다

쉰세 살 11월 생일에 초대하지 않은 손님 갱년기가 찾아왔다.

청하지 않은 손님이 찾아오면서 오른쪽 배에 생긴 대상포진을 시작으로 몸에 이상 징후들이 나타났다. 다행히 대상포진의 대표 증상인 통증은 없었다. 병원에서 주사 맞고 약 먹고 그렇게 열흘 만에 괜찮아졌다. 대수롭지 않게 여겼다.

몇 달이 지나 오른쪽 검지에 사마귀가 생겼다. 이내 엄지손가락과 왼손 새끼손가락으로 번졌다. 놀라서 한의원에 갔다. 면역력이 약해졌다는 한의사님의 말에 비싼 한약을 아침저녁으로 석 달을 먹으며 치료했다. 사마귀가 사라질 즈음 손가락 관절이 아프고, 오른쪽 발 복숭아뼈에 염증이 생겼다.

류머티즘 내과와 정형외과에 가서 피검사와 관절 관련 검사를 했다. 골다공증과 퇴행성 관절염, 점액낭염 진단을 받고 약을 꼬박꼬박 챙겨 먹었다. 처방받아 복용한 고농축 비타민 D 부작용으로 역류성 식도염이 생겼다. 각종 질환이 꼬리에 꼬리를 물고 나타났다 사라졌다. 그렇게 갱년기가 몰고 온 여러 질병으로 몸 여기저기가 아프면서 마음도 아팠다.

몸이 가라앉는 만큼 마음이 내려앉으면서 더 반갑지 않은 불청객 우울증이 쉰네 살의 가을에 찾아왔다. 아무것도 하기 싫었다. 우울을 넘어 자꾸 화가 났다. 속에서 끓어오르는 화가 나를 더 깊은 수렁에 빠지게 했다. '차라리 죽는 게 낫지 않을까? 이렇게 살아서 뭐 하나' 하는 생각이 머릿속에서 떠나지 않았다.

울고 싶었다. 그러나 눈물은 나오지 않고 우울함만 깊

어졌다. 움직이고 싶지 않은 시간 동안 멍하니 있는 것도 짜증나고, 잠도 오지 않았다. 무기력하게 하루하루를 보냈다. 의욕이 없으니 세상일에 다 무관심해졌다. 가을이 가고 겨울이 오는 내내 스스로를 집 안에 가둬놓으며 무심하게 지냈다. 나만의 세계에 갇혀 있던 나에게 막냇동생이 블로그 포스팅으로 서로의 일상을 공유하고 소통하자고 손을 내밀었다. 당장은 아무 생각도 어떤 행동도 하기 싫었다.

쉰네 살 생일을 보내고 이사를 했다. 묵혔던 짐들을 버리고 켜켜이 쌓여있던 먼지들을 비웠다. 버리고 비우며 새해를 맞았고 쉰다섯 살이 되었다. 문득 막냇동생이 했던 말이 떠오르고 내밀었던 손이 생각났다. 그 말과 손이 3월 봄기운과 함께 나를 일으켜 세웠다.

눈에 보이는 것을 사진에 담고, 묻어두었던 케케묵은 감정을 짧은 단문으로 블로그에 말하기 시작했다. 익명성이 보장되는 곳에서 하고 싶은 말과 하지 않았던 말을 끄집어냈다. 답글에 남겨진 언니와 동생들의 한마디에 위로받고 블로그 이웃님들의 댓글에 격려받았다.

마음의 분잡스러움을 감추지 않았다. 남편에게 몸 상태를 알리고, 속마음을 털어놓았다. 가사를 분담하고, 심신의 안정을 가져다주는 그림을 슈필라움인 안방에 걸어놓았다. 하고 싶은 것보다 할 수 있는 것을 찾아서 했다. 머릿속 생각을 단순하고 가볍게 만들고 무거운 것들을 비웠다.

일상의 소소함과 더불어 문학작품 속의 인물들이 살아가고 살아내는 삶을 블로그 서평으로 남겼다. 내 안에 사라졌던 희망을 깨우고, 남편을 내조하며 아들을 키워냈던 열정과 의욕을 끄집어내고 내려앉은 자존감을 끌어올렸다.

누구나 들여다보면 엉켜있는 것들이 있다. 그 엉킴을 어떻게 받아들이고 풀어내는지는 각자의 몫이다. 해결 방법을 쉽게 찾을 수도 있고 어려워 오래 헤맬 수도 있다. 나처럼 블로그를 매개로 '나는 사라질 수 없는 존재'임을 확인받을 수도 있고, 또 다른 방법으로 인정받을 수도 있다.

이런 방법이 좋다거나 옳다는 것이 아니다. 블로그 글쓰기로 불청객을 쫓아내고, 반갑지 않은 손님을 받아들이면서 함께 공생하는 법을 배웠다고 고백하는 것이다.

오늘도 이 글을 쓰며 내보내도 또 찾아오는 우울과 불안, 슬픔과 아픔 한 숟가락씩을 덜어낸다. 그렇게 비워진 자리에 기쁨과 사랑, 위안과 감사 그리고 평온과 이해를 채우며 꽃자매와 이웃님들로부터 위로와 용기와 응원을 받으며 쉰다섯의 시간을 보내는 중이다.

'원앤원'으로
하나가 되다

한 해를 마무리하는 끝자락, 알레나 님의 블로그에서 '같이'의 가치와 "원 안의 원, 하나 더하기 하나는 '함께'입니다.", "1월 원앤원 프로젝트 4기 – 함께 쓰는 블로그 글쓰기"라는 모집 글을 보고 무작정 신청했다. 새해를 맞이하며 새롭게 무엇을 해 보고 싶었고 느슨해지는 글쓰기를 다잡고 싶었다. 그렇지만 무엇보다 '알레나 님의 마음 숲'에 들어가고 싶었다.

막냇동생의 블로그를 통해 알게 되어 서로 이웃이 된 그녀의 글에는 세 아이를 키우며 성장했던 엄마로서의 시간, 책과 온라인 세상을 통해 배우고 느낀 것을 기록하며 알려주는 소신 있는 명석함과 사람의 마음을 끌어안는 포용력이 있었다. 해서 빨리 친해지고 싶은 마음에 무례함을 무릅쓰고 서로 이웃이 되고 얼마 되지 않아 '블로그 코칭 릴레이'의 다음번 이웃으로 서슴없이 지목하기도 했다.

그렇게 1월에 '원앤원' 4기를 시작하고 6기 프로젝트까지 성공적으로 마치고 난 후 7기 모집을 앞둔 시점에 더 이상 모집을 하지 않고 6기의 인원으로 이어가자고 방장과 그곳의 사람들과 잠정 합의를 했다. 6기를 끝으로 '원앤원'은 소수정예의 여덟 명이 모인 '원 안의 원, 하나 더하기 하나는 함께'를 넘어서 그냥 '하나'가 된 것이다.

이곳에는 함께 쓰는 블로그 글쓰기 리더이자 도서 전문 인플루언서이신 우리들의 방장 알레나 님, 그림책으로 즐겁게 아이들 수학을 가르치는 데 진심인 힘찬토리 님, 영어 교육 코칭 전문가로 야구소년과 쌍둥이들과 같이 하브루타로 부모 성장을 디자인하는 어썸그로잉 님, 아이들의 진로와 주부들의 미덕을 위해 자신의 에너지를 교육계에 쏟아 내는 진로북극성 님, 뜨거운 열정으로 책을 출간하고 여러 프로젝트를 운영하는 더드림 성장연구소 대표 고은샘, 공무원으로 밤낮없이 나랏일을 하면서도 자신의 미래를 위해 함께하는 책 읽기와 독서모임을 하는 밍 님, 원앤원의 두뇌로 자기 경영의 중요성과 여성 리더를 위한 코칭과 컨설팅을 하며 한국의 D&I(다양성과 포용성)교육에 앞장서는 밸류비스 님, 전업주부로 무난한 오늘을 나만의 특별한 방식으로 북(book) 소리와 함께 담아내고 있는 나, 블랙빈이 있다.

이제는 모두 오래 알고 지낸 친구 같다. 몸은 전국으로 떨어져 있어도 마음은 늘 함께다. 주말에는 캠핑장에 가서 넋 놓고 불멍을 하고, 여름 밤하늘의 별을 보며 밤새 수다를 떨고, 등 번호 26번 야구소년의 팀 우승을 온 마음을 다해 응원한다. 새벽녘 주고받는 따스한 글밥으로 긍정의 힘을 나누고, 가족을 위해 차려놓은 정성스러운 밥상을 공유하며 서로의 몸 건강을 챙긴다. 든든히 채운 몸과 마음으로 하루를 보내는 친구들을 위해 우주의 기운을 담아 버츄카드의 미덕의 보석을 선물한다. 자신들이 생활하는 공간에서 자신들이 할 수 있는 것들과 함께 하루를 보낼 기운을 얻는다.

흠잡을 데 없이 완벽해서가 아니라 내가 가진 빈틈을

빈틈 자체로 봐주는 곳이라 좋다. 무엇으로 어떤 것으로 내 삶을 정형화시켜 표현하지 않아도 편안하다. 곁에서 손으로 머리를 쓰다듬고 두 팔로 안아주지 못해도 마음 담긴 댓글로 토닥토닥해주고 쓰다듬는 답글이 있어 든든하다. 이제는 블로그에 포스팅을 하지 않아도 남아 있고 싶다.

제주의 '곶자왈'처럼 자연 그대로 그곳에서 숨 쉴 수 있는 곳. 보호되고 또 보호해 주고 싶은 곳. 꾸미지 않고 그대로 두어도 그 모습 그대로 유지되는 곳이 이 공간이다. 다르게 살고, 그 다름의 이해할 수 없음마저도 그럴 수 있다고 포용해 주며 안아주는 곳이고 사람들이다.

'원앤원'은 이제 갓 돌이 지난 아이 같은 프로젝트팀이지만 그 속의 구성원은 비전과 열정으로 스스로가 정해놓은 목표를 행해 나아가는 성장기 어른들이다. 느낄 수 있고 알 수 있다.

어떤 순간이 닥쳐도 그들은 '원 안의 원', 그 안에서든 밖에서든 각자의 꿈을 이루어 낼 능력과 힘이 있는 사람들이다. 나에게 좋은 인연이 되어 준 '소중한 사람들'이고, 용기를 내서

하고 싶었던 일을 할 수 있도록 힘과 지혜를 나눠 준 '고마운 사람들'이다. 무엇보다 너무나도 열심히 자신의 인생을 만들어 가며 주위 사람까지 이끌어주는 '등대 같은 사람들'이며, 올 한 해 이렇게 블로그 세상에서 만난 귀한 인연들과 함께하는 시간으로 지금도 '같이'의 가치를 배워가게 만드는 '보석 같은 사람들'이다.

'원앤원' 그곳에 있는 그들과 하나가 될 수 있어 좋다.

3.

주부(主婦)에서
주부(主部)가 되다

글쓰기 모임에서 '나'를 표현할 단어를 말해보라고 했다. 부모님이 지어주신 이름 말고는 나를 표현할 단어가 금방 생각나지 않았다. 천천히 생각해도 '한 가정의 살림살이를 맡아 꾸려 가는 안주인'의 의미를 지니는 '주부(主婦)'라는 단어밖에 떠오르지 않았다.

대학을 졸업하고 그해 결혼했다. 대학생에서 바로 주부가 되었고, 엄마가 되었다. 남편의 대성이 나의 성공이라 여기고, 아들의 성장이 나의 성숙이라 믿고, 남편과 아들의 평안함이 나의 편안함이라 여겼다.

엄마로 아이를 키우고, 아내로 남편을 내조하며 살아온 삼십여 년의 시간 동안 집안 살림을 하면서 주어진 삶에 큰 불만 없이 살았다. '나'를 표현할 단어를 말해보라는 질문을 받기 전까지는. 문득 나를 나타낼 마땅한 명사가 없다는 것이 속상했다. 이 속상함이 갱년기 우울증 속으로 빠지게 만든 단초가 됐다.

나이가 들고 몸이 아파서 힘들었던 것이 아니라 남편과 아들로 견고하다고 믿었던 마음속 집이 허물어지면서 스스로 쪼그라들었다. 적막한 공간에 홀로 있으면서 할 수 있는 것이 없는, 아니 할 줄 아는 게 없는 무능함에 화가 났다.

엄마와 아내라는 이름에 최선을 다해 살아온 지난 삶을 망가뜨리고 싶지 않았고, 무엇보다 명사로 표현되는 번듯한 직업을 가질 능력이 없다는 사실을 인정하기 싫었다. 하기 싫은 일을 해야 한다는 마음의 부담이 몸을 움츠러들게 했다. 주변 상황이 완고해지고 마음이 초라해질수록 몸이 무너졌다. 그랬음에도 몰랐다. 속상함에 가라앉은 마음을 살폈어야 했는데 아파 무너진 몸만 바로잡으러 내과와 외과를 돌아다녔다.

새벽에 일어나 잠들어 있던 의식을 깨우고, 깊숙이 숨어 있던 자아를 끄집어 올리며 에크하르트 톨레의 『고요함의 지혜』를 필사하기 시작했다. 쓰면서 알아 갔다. 무엇으로 자신을 표현하는 것도 중요하지만 어떻게 표현하는지가 더 먼저였다. 엄마와 아내로 스스로를 지키며 살았던 시간과 지금의 '내 가족'을 만들기 위해 노력하며 살았던 수많은 시간으로 충분히 존중받아야 할 존재라는 사실을 한 글자씩 쓰면서 확인했다.

내 삶은 이정남 화가의 그림 '청화' 같다. 밑바탕에 그려진 조선백자 위에 붙여져 있는 수백 개의 자개 조각처럼 수많은 역할을 해내며 여기까지 왔다. 나이 들어가는 나와는 달리 '청화'의 자태는 곱다. 그 고운 자태를 억지로 탐내고 싶지는 않지만, 백자의 맵시와 우아함, 자개의 단아함은 닮고 싶다. 마음 속 항아리에 숨어 있는 수치심이나 열등감, 미안함을 비우고 당당함과 자신감, 고마움을 조금씩 채워간다. 슈필라움인 안방에서 심리적 안정감을 주는 나만의 책상에 앉아 있는 것만으로 지금은 만족스럽다.

"어떤 대상에 관심을 기울이다 보면 결국은 자기 자신을 들여다보게 된다."고 말하는 황보름 작가의 말처럼 '나'라는 대상에 관심을 기울이다 보면 결국 스스로를 알게 된다. 그렇게 자신의 성향(性向)과 취향(趣向)을 알게 되면 나만의 방향(方向)이 만들어진다.

묘시. 오롯이 혼자만의 시간에 어쩔 수 없이 하는 일이 아니라 좋아서 하는 일과 꼭 해야 하는 일 그리고 할 필요가 없는 일과 당장 하지 않아도 되는 일의 순서를 정하고 그것을 기분 좋게 한다. 지금이 좋다. 남편을 내조하고 아들을 키우며 가졌던 책임감과 성실함으로 나를 만들어 가는 이 시간이 좋다. 그 시간에서 어떤 형태의 삶을 살 것인가는 온전한 내 몫이다. 현재 살아야 할 삶의 길을 선택하고 걸어가야 할 그 길에 집중해서 걷는다.

나를 표현할 명사의 이름을 아직 가지지 못했다. 그러나 '주부(主婦)'로 주어진 인생을 어떻게 표현해야 하는지는 아는 사람으로, 매일 조금씩 스스로를 키우고 채워가는 기쁨을 누린다. 남편과 아들을 사랑하는 아내와 엄마로 '주부(主婦)'의 역할을 해 나가는 내가 사랑스럽고, 새벽 기상으로 한 발짝씩 걸으며 내 방향으로 '주부(主部)'가 되어 가는 스스로가 자랑스럽다.

　　묘시 어쩌다 가끔은 인시. 감성을 버리고 이성이 눈 뜨는 시각. 오늘도 어김없이 몸을 깨운다.

4.

나에게
내미는 손

하루하루가 반성문이다. 10월, 『아티스트웨이』를 시작하면서 지나온 시간을 되짚어본다. 쉰을 훌쩍 넘긴 인생에서 제일 오만했던 시절이 육아의 시기였음을 깨닫고 뒤늦은 반성을 한다.

글을 쓰기 위해 자료를 찾고 초고를 쓰고, 고치고 또 고치고 하는 것처럼 육아도 그래야 했다. 아이를 잘 살피고 필요한 것이 무엇인지 알아차리고 모르면 배우고, 틀리면 고쳐야 했다. 그런데도 아이의 내밀한 고백의 언어를 들어주고 이해하는 엄마이기보다 내가 낳고 키운 것으로 아이에게 유세했고 요구했다.

　　넌 내 아들이니 내 뜻대로 커야 한다고 무언의 압력을 눈빛으로 끊임없이 보냈다. 따가운 시선으로 세뇌하며 강압적인 말을 하지 않았으므로 좋은 엄마라고 스스로 착각했다. 아이는 눈총에도 굳건하게 살아남았다. 혼자서 온전히 그 시선을 받아내기가 쉽지 않았을 텐데 견디고 이겨낸 아들이 새삼 대견하고 고맙다.

　　시간이 흘렀다. 중학생이 되고 이내 고등학생이 되었다. 아들을 잘 안다고 품 안에 있으니 괜찮다고 여겼다. 사고 없이 무탈하게 생활하는 아들을 좁은 나의 시야 안에 가두고 학교 성적만을 중시했다.

　　삶은 단순하고 만만하지 않아서 한두 가지의 변수로 결정되는 것이 아님에도 중, 고등학교 시절 아들의 삶을 오직 학과 성적으로만 판단했다. 머리가 커가는 아들에게 눈빛이 아닌 말로 상처를 주기 시작했다.

"엄마 아빠가 해 줄 거 다 해주는데 공부를 왜 안 해!"

"너한테 돈 벌어오라는 것도 아니고, 학생이 공부 안 하면 뭐 할 건데."

"엄마 눈에 제대로 하는 것으로 안 보여."

"그렇게 대충 하는 거 누가 못해!"

"공부해서 남 주니 설사 남 주더라도 공부해!"

고등학생인 아들이 달라졌다. 생각 없이 뱉는 나의 폭언이 품 안에 있던 아들을 품 밖으로 나가게 만들었다. 아들에게 상처를 주었다는 사실보다 부모의 바람대로 크지 않고 반항하는 아들이 야속하기만 했다. 폭풍 같은 시간이 무심히 흘렀다.

대학생이 되어 기숙사로 들어간 아들은 자유로웠고, 그 모습을 지켜보는 동안 야속했던 기억들도 희미해져 갔다. 각자의 평온한 시간으로 괜찮다고, 그간의 일들은 말하지 않아도 다 이해한다고 여기며 무탈한 일상을 보냈다. 활달해진 아들을 보며 태풍 같은 시간이 약이 되었다고 믿었고, 이제는 자기의 길을 가고 있는 청년이 되었으니 문제 될 것이 없다고 여겼다.

『아티스트웨이』로 지난 시간을 들여다보기 전까지는

몰랐다. 어린 시절의 아들에게 마음의 상처를 준 엄마를 다 이해할 것이라고 내 마음대로 판단했다. 너를 제대로 사랑하는 법을 몰라서 힘들게 만들고 아프게 해서 미안했다고 말하고 지금은 괜찮냐고 물어야 했다. 상처받았던 아들이 이해한다고 그래서 지금은 괜찮다고 말할 때까지 미안하다고 사과해야 했다.

다른 도시에 있는 아들에게 화해의 글을 내밀었다.

"사랑하는 아들, 지나온 시간을 돌이켜보니 나는 나 스스로 좋은 엄마라고 자신하는 엄마였던 것 같아. 네가 무엇을 좋아하는지 무엇을 하고 싶은지 제대로 묻지 않고, 그냥 물어놓고는 대답을 기다려주지도 않는 성격 급하고 인내심마저 부족한 엄마여서 미안해. 너를 믿지 못해서가 아니라 나를 믿지 못한 엄마였어. 제대로 사랑할 줄도 모르면서 내가 사랑하는 방법이 옳다고 자만하며 가시 같은 말과 변덕스러운 행동으로 상처 주고, 억지를 썼던 고집스러운 엄마를 용서해. 상처가 되는 얼척스러운 말을 듣고도 어긋나지 않고 잘 커서 너의 길을 걸어가고 있어 줘서 자랑스럽고 고마워."

장문의 글이 무색하게 아들에게서는 짧은 답이 돌아

왔다.

"오늘 정비 마무리하고 회사 사람들하고 저녁 먹고 오느라 답장이 좀 늦었어. 나는 괜찮으니까 그런 고민하지 마. 그리고 그 시간의 나도 엄마를 아프게 하는 말로 상처를 줘서 미안했어."

문자 속 '괜찮아, 미안해.'라는 말이 뭉쳐있고 뒤섞였던 가슴속 찬 응어리를 녹였다. 마음 벽에 새겨져 있던 오래된 낙서가 지워지는 것 같았고 답답함이 사그라들었다. 아들의 답글로 오만했던 시절의 나와 화해를 시작했다

상대가 해주기를 바라는 마음을 가지고 살았다. 바라는 마음이 상처가 되고 아픔이 되었다. 내가 더 아프다고 그러니 치유해 달라며 무언의 시선으로 아우성치며 기다렸다. 먼저 하면 되는 것을 이제야 알았다. 아들에게 내민 손을 시작으로 뭉쳐 있던 것을 푼다. '내' 안의 미흡했던 '나'를 살핀다. 누군가로부터가 아니라 나에서부터 찾고, 찾아낸 것으로 묻고 답을 기다린다. 힘들게 하고 아팠던 감정을 쓰다듬고 다독이며 풀어 간다. 그렇게 한 번에 하나씩 화해의 손을 내민다.

5.
까만 콩을 키운
새카만 콩

내가 아들을 키운 것이 아니라 아들이 나를 키웠다.

대학을 졸업하고 친정엄마 친구분의 소개로 남편을 만나 결혼까지 속전속결로 진행되었다. 그렇게 결혼하고 바로 아이를 갖게 되면서 엄마가 됐다. 이제 막 세상에 나온 아이를 무엇으로 어떻게 키워야 할지 몰라 버벅댔다. 책에서 가르쳐 주는 것들과 실전은 너무나 달랐다. 아이가 아파서 열이 나면 나도 덩달아 열이 나서 아팠고, 이유 없이 아이가 울면 나도 같이 울었다. 그렇게 아이를 키우며 나도 키웠다.

아이와 엄마의 시간이 함께 흘렀다. 아이에게 우주같이 넓고 깊은 지식 가득한 엄마가 되고 싶었지만 늘 허우적거렸다. 그래도 아닌 척 무엇이든 물어오면 상식과 지식을 총동원해서 열심히 대답해 주면서 지혜가 있는 척했다.

여섯 살의 아들이 어느 날 물어왔다. "엄마~ 내 피부는 왜 이렇게 까매?" 그 물음에 별일 아니란 듯 "엄마 아빠 다 까마니까 너도 그렇지. 그리고 지금 여름이라 자주 나가 놀잖아. 여름 햇볕이 뜨거워서 더 까매진 거야"라고 답했다. 가만히 듣고 있던 아이가 "그럼 밖에 나가 놀지 않고 집에만 있으면 하얘져?"라고 되물었다.

순간 당황스러웠다. 뭐라고 말해야 할지 정답도 대답도 생각이 나지 않았다. 유치원에서 무슨 일이 있었던 걸까. 피부색이 까맣다고 친구들이 놀리기라도 한 걸까. 아들의 입을 통해 속상했던 시간을 되새김질시키기 싫었다. 더 이상 아무것도 물을 수 없었다. 대신 아들을 가만히 안았다. 안긴 아들이 "엄마, 나 피부 까만 거 싫어." 하며 울었다. 같이 울면서 아들에게 해 줄 수 있는 말은 "아들, 엄청 속상했구나. 유치원에 가기 싫으면 안 가도 돼."가 전부였다.

유치원에 전화해서 자초지종을 묻고 선생님께 아들의 마음이 풀릴 때까지 집에 데리고 있겠다고 말했다. 마음 다친 아들을 다시 품에 안았다. 아들을 끌어안고 토닥거리면서도 속상한 내 마음이 진정되지 않았다. 바다를 지키러 간 남편의 빈자리가 컸다. 결국 아들과 함께 종합 비타민이 되어 주는 친정집으로 내려갔다.

묵묵한 사랑으로 지켜봐 주는 할아버지와 할머니 그리고 미덕의 단어를 수없이 말해주는 이모들과 사촌 형의 사랑으로 아들은 아픔을 잊고 지냈다. 상처의 흔적이 희미해졌다.

사흘 밤을 자고 일어난 아이가 "엄마, 우리 집에 가자. 아빠 보고 싶어."라며 나를 끌어안았다. "아빠가 보고 싶어?"라고 물었다. "응, 아빠도 보고 싶고, 무지개 유치원 친구들이랑 선생님도 보고 싶어." 아들을 더 꽉 안았다.

사건을 잊고 아픔도 옅어진 아들의 눈을 보고 미소 지으며 말했다.

"아들, 친구들이 또 놀리면 속상해서 울거나 화내지 말고, 우리 엄마 아빠가 나를 너무 많이 사랑해서 그런 거라고 얘

기해. 우리 할아버지랑 이모들도 그렇고 사촌 형까지 우리 가족
들 모두 서로 너무 사랑해서 다 까맣고 씩씩하게 말하면 돼."
라고 알려주면서도 마음이 아팠다. "응." 하고 웃으며 대답하
는 아들을 더 꼭 끌어안았다. 웃는 아들에게 해 줄 수 있는 말은
"아들, 너무 많이 사랑해서 미안해."가 전부였다.

유치원으로 돌아간 아들은 예전보다 단단해졌다. 사
람들의 까맣다는 농도 짙은 말을 가벼운 농담으로 흘려듣거나
가르침을 받은 대로 "부모님이 저를 많이 사랑해서 그래요."라
고 당당하게 말했다. 까만 피부로 어린 마음에 상처가 많았던
아들은 자신의 마음을 사랑이라는 믿음으로 채웠다. 튼튼해진
마음에 큰 창을 만들어 사람들의 무거운 말들을 담아두지 않고
스스로 그 문을 여닫으며 자랐다.

지난 시간을 돌이켜 보면 내가 아들을 키운 게 아니라
아들이 나를 키웠다. 내가 아들을 사랑하는 것보다 아들이 나
를 더 많이 사랑해 주었고 기다려 주었다. 인내심 많은 아들의
사랑에 아직도 나는 키워지고 있다. 나를 키우던 아들은 어느새
자라서 어엿한 서른한 살의 청년이 되었고 우리 부부를 닮아 여
전히 까맣다.

삶은 늘 우리에게 무언가를 선택하게 한다. 상처받았다고 마냥 주저앉아 있을 수 없게 만든다. 그 상처를 끌어안고 살거나 겉으로 드러내거나를 선택하게 한다. 어느 쪽이든 덜 상처받는 쪽으로 노력하고 드러내도 바꿀 수 없는 것들은 회피가 아니라 끌어안고 살아야 하는 것이다. 대신 잘 끌어안아야 한다. 자신을 상처 주지 않는 방법으로 지혜롭고 예의 바르게 안아야 한다. 까만 피부를 사랑이라는 믿음으로 끌어안듯이 그렇게 보듬어야 한다.

네이버 도서 인플루언서
네이버 자기계발/글쓰기 분야 엑스퍼트
브런치 작가
독서지도사
청소년지도사
원앤원 프로젝트 '함께 쓰는 블로그 글쓰기' 리더
2021 구리시 국가유공자 기록화 사업 『잠들지 않는 이야기 3』 공저

블로그 https://blog.naver.com/ryniyeoni
인스타 https://www.instagram.com/alrena77
브런치 https://brunch.co.kr/@alrena

터울 지는 세 아이를 키우며 12년 전업맘으로 살았다. 큰아이에게 찾아
온 사춘기로 공부하는 엄마가 되었고, 그 시간을 블로그에 기록하다 도
서 인플루언서가 되었다.
독서와 글쓰기로 성장한 지난 시간을 통해 두 번째 꿈을 찾는 엄마들의
티퍼(tipper)로서의 삶을 꿈꾸는 중이다. 현재 논술 교사로 일하며 아이
들의 꿈을 키우는 책 선생님으로 활동하고 있다.

4장

서은미

(알레나)

1.

블로그,
엄마 시즌3의 시작

     큰아이가 일곱 살이 되던 해에 둘째가 태어났고, 삼 년 후 셋째가 태어났다. 6년, 3년 터울의 세 아이를 키우면서 전업주부로 12년의 세월을 보냈다. 나의 전업주부 12년은 엄마 시즌 1, 2, 3으로 나뉜다.

     엄마 시즌1은 작고 소소한 재미가 숨어있는 경음악이었다. 바쁘지만 즐겁고, 조용하지만 경쾌했다. 아이 친구 엄마들과 동네 브런치 카페를 찾아다녔고, 인근 교외로 맛집 투어를 다녔다. 가끔은 이태원으로 나가 콧바람을 쐬는 쇼핑을 즐기기도 했다.

그 시간 육아의 고단함을 풀어내는 수다 안에는 누구네 아빠의 연봉 이야기, 시부모님에게 물려받을 유산 이야기, 해외 출장을 다녀온 남편이 사 온 명품 이야기들이 들어 있었다. 부모님 도움 없이 대출받아 시작한 신혼살림에 외벌이로 살고 있는 내가 낄 만한 이야기는 많지 않았다. 명품 브랜드 이름만 들어도 가격대까지 척척 꿰차고 있는 엄마들 틈에서 결핍 많은 유년 시절이나 고졸 여사원으로 야간대학에 다닌 내 과거 이력을 꺼내 놓는 일은 불필요한 일이었다. 남부러울 것 없이 받고 자라 지금을 누리며 사는 엄마들 틈에서 겉으로 보이지 않는 입안의 혓바늘 같은 열등감은 다행히도 아이가 보여주는 치료제 덕분에 가라앉을 수 있었다.

반장이 되었다고, 그림을 잘 그렸다고, 글쓰기를 잘했다고 상을 받고 뛰어오는 아이가 열등감 많은 엄마를 지켜주었다. 어디에서도 아이는 빛을 내며 반짝였다.

그랬던 아이가 변하기 시작했다. 이른 사춘기가 찾아온 것이다. 명랑하고 수다스럽던 아이는 입을 닫았고 방문을 잠갔다. 더는 엄마의 자존심을 세워줄 공부도 하지 않았다. 내가 바라고 원했던 꿈과 희망은 점점 더 멀어져 갔다. 아이의 방문 앞에서 악쓰고 소리치는 엄마가 되면서 조용하지만 경쾌하던 경음악은 헤비메탈이 되었다.

삼단 고음으로 지쳐갈 때쯤, 아이가 돌 무렵 모유 수유를 해가며 1년을 버티다 중도 포기한 방송대 공부가 떠올랐다. 더는 아이가 보내오는 절망 앞에서 무너지지 않기 위한 결단이 필요했다. 그때 놓았던 청소년 교육학 공부를 다시 시작했고 지역에 있는 평생학습관에 '청소년 진로' 수업을 신청했다.

이때부터가 엄마 시즌2의 시간이다. 아이로 연결되던 좁은 울타리를 나로 연결되는 울타리로 만들어갔다. 그렇게 새로 생긴 울타리에는 아이들 성장에 관심이 많은 다양한 직업군의 엄마들이 모여 있었다. 그녀들과 7년의 세월을 함께했다. 우리는 초등생을 위한 인성수업과 중학생을 위한 진로 수업을 만들었고, 방학이면 지역 아이들을 위한 특강을 열었다. 내 아이들과 지역 아이들을 위한 배움과 성장을 이어간 덕분에 나는 예전의 경음악으로, 가끔은 클래식을 흉내 내는 엄마로 돌아갈 수 있었다. 마음공부의 힘이었다.

그러는 사이 동굴에 들어가 있던 아이의 길었던 사춘기도 끝나갔다. 아이는 스스로 목표가 있는 공부를 하기 시작했고 다시 예전처럼 빛을 내며 반짝였다.

그런 나를 고운 눈으로 봐 주던 육아 동지가 있었다. 그녀는 내가 보낸 엄마 시즌2의 시간을 블로그에 담아보라는 조언을 건넸다. 십 년 넘게 네이버에서 요리 인플루언서로 활동하고 있던 그녀의 조언은 소심하고 두려움 많은 나에게 작은 파동을 일으켰다. 어쩌면 블로그가 새로운 불꽃이 되어줄지도 모르겠다는 알 수 없는 희망들이 피어올랐다.

십 년 전에 대문만 걸어두고 버려진 블로그에 글을 올리기 시작했다. 그때껏 읽었던 책들과 육아의 시간과 배움이 담긴 글들이 하나씩 쌓여갔다. 그리고 그곳에서 내 글을 응원해주는 이웃들을 만났다. 그들이 남겨준 지지와 응원이 담긴 댓글 덕분에 점점 더 공개적인 글쓰기를 할 수 있는 용기를 얻었다. 1년 1개월이 지난 후 나는 도서 인플루언서가 되었다.

프라이빗 공간이자 누구에게나 오픈된 곳, 블로그는 오랜 시간 전업주부가 갖고 있던 낮은 자존감과 열등감의 틀을 깨주며 엄마 시즌3의 시작이 되어 주었다.

　이제 또 하나의 꿈을 꾼다. 내가 경험한 엄마 시즌2, 시즌3을 시작하고 싶은 이들에게 오케스트라 협주곡을 연주하며 성장의 메이트로 함께 걸어가는 엄마 시즌4의 시간을.

2.
기도이자 꽃

"버려진 섬마다 꽃이 피었다."

『칼의 노래』의 첫 문장은 부사의 꾸밈을 모두 거둬낸 단문으로 시작한다. '꽃이', '꽃은'을 두고 오랜 시간 고민했다는 김훈 작가의 집필 뒷이야기를 읽었다. 어쩐지 이 문장과 고민이 나와 닮았다는 생각이 들었다.

부사를 거둬낸 꾸밈없는 단문처럼 장식 없이 심플하고 단정하지만 밋밋한 B 사감 패션을 좋아한다. 컬러는 대부분 검정과 화이트, 베이지가 주를 이루고 어쩌다 한 번 모험 삼아 고르는 컬러가 연핑크 정도다. 다채로운 색으로 매일 다르게 꾸미기를 좋아하는 내 지인들은 이런 나를 두고 보수적인 패셔니스트라고 말하곤 했다.

그리고 감히 내 어쭙잖은 글쓰기도 떠올랐다. 쓰고 싶은 이야기와 에피소드가 넘치지만 내 언어로 그것을 정리하는 데까지는 시간과 마음이 오래 걸리는 더디고 느린 사람이기 때문이다. 사람을 사귀고 마음을 내어 주는 일에도 다르지 않다.

그런 보수적이고 폐쇄적인 내가 혼자만 아는 완벽에 목숨을 걸면서 블로그를 시작했다. 그러다 함께 쓰는 1일 1 포스팅 블로그 글쓰기에 참여하게 되었고, 함께하는 새벽 기상 모임도 시작하게 되었다. 그들을 통해 함께하는 블로그 모임에 눈을 뜨기 시작했다. 그 시작은 그런 모임을 만들고 싶다는 마음도 품게 했다.

하지만 나는 결정이 느리고 더딘 사람이다. 게다가 그들처럼 인플루언서도 아니었고, 블로그로 딱히 내세울 만하게 이룬 것도 없었다. 무엇을 통해 사람들에게 같이하자는 말을 건

넬 수 있을지 고민만 되풀이될 무렵, 전년도에 떨어졌던 브런치에서 작가 합격 메일을 받게 되었다. 그리고 그다음 달, 내 브런치 글 중 하나가 포털 메인에 오르는 경험을 하게 되었다. 그 경험은 '왕초보'가 '초보'가 되어가는 과정으로 아주 작은 용기를 심어주었다.

원앤원은 그 작은 용기의 시작이었다. 내가 열어놓은 원 안에 부산, 세종, 원주, 인천, 서울에 사는 30대와 40대, 50대의 엄마들이 찾아와 주었다. 그녀들과 글이 주는 온기를 나눴고, 글로 이어지는 끈끈함으로 연결되었다. 마음을 내어주는 일에 오랜 시간이 걸리는 내가 이 세계를 오프의 지인들에게 설명하기란 불가능한 일이었다. 단언컨대 원앤원은 그때껏 알지 못하던 전혀 새로운 세계였다.

6기까지 모집하고 7기를 모집할 때쯤 잠시 그녀들과의 이별을 준비했다. 오랫동안 고민했던 책을 쓰기로 결심했기 때문이었다. 길게는 6개월, 짧게는 2개월을 함께한 멤버들은 내가 책을 다 쓸 때까지 자율적으로 이 모임을 이어가겠다는 의견을 모아 주었다. 원앤원은 그렇게 더는 나갈 수도, 들어올 수도 없는 우리들만의 원이 되었다.

매달 각자가 정한 목표에 맞게 포스팅을 올리는 것이 1차 미션이지만 이 미션은 언제부턴가 부가적인 2차 목표가 되었다. 새벽부터 잠이 들 때까지 서로에게 일어나는 희로애락을 나누는 것이 더 중요해진 우리는 서로에게 필요한 꽃들이 되었다. 대단한 위로가 아니어도 요란스러운 응원이 아니어도 서로에게 남기는 글을 통해 마음을 읽고 진심을 느꼈다.

　　내 인생에 뜻하지 않은 소나기가 퍼부었던 지난해 5월, 그녀들이 열어 놓은 큰 원 안에서 가끔은 찌그러진 원으로, 가끔은 덜 닫힌 원으로 소리 없이 울고 웃었다. 실컷 울고, 실컷 웃을 수 있었기에 나는 다시 내 동그란 원으로 돌아올 수 있었다. 그녀들이 열어준 원이 없었다면 아마 꽤 오랜 시간 돌고 돌아 내 원을 찾았을 것이다.

　　겹치지 않는 고유한 색과 향기로 매일 한 걸음씩 나아가는 그녀들과 나는 더 빛나는 색과 향기로 피어날 것이다.

　　원앤원은 나에게 기도이자 꽃이다.

3.

마흔, 처음 꿈이란 걸 꾸기 시작했다

열두 살이 되던 해, 내가 다니던 시골 국민학교 앞 단층 상가에는 그때껏 없던 피아노 학원 하나가 간판을 내걸고 오픈을 알렸다.

간판에 그려진 피아노 건반만 보아도, 희미하게 들려오는 동요 연주 소리만 들어도 마음이 콩닥거렸다. 피아노가 배우고 싶었다. 하지만 그 말을 입 밖으로 꺼내지 않았다. 세상에는 굳이 다음을 확인하지 않아도 알게 되는 일들이 있다. 당시 피아노 학원은 그런 것 중 하나였다.

얼마 뒤 같은 반 친구 두 명이 점심시간마다 교실 풍금을 차지하고는 젓가락 행진곡을 치기 시작했다. 마음으로만 생각하고 입 밖으로 꺼내 보지 못한 그 피아노 학원에 친구 둘이 다니기 시작했음을 그것으로 확인할 수 있었다.

'오선지 음계를 바로 읽어내는 게 얼마나 어려운데! 동시에 두 손으로 치는 건 또 얼마나 힘들겠어! 다닌대도 나는 잘 치지 못할 거야!'

포도나무 꼭대기에 매달린 포도를 '신포도'일 거라 외면하던 여우처럼 젓가락 행진곡을 연주하는 두 친구에 대한 부러움을 애써 외면했다.

넉넉지 않은 형편으로 네 남매를 키우느라 고단한 부모님의 뒷모습을 보면서 욕심낼 수 없는 것과 가질 수 없는 것들을 일찌감치 알아차렸다. 그랬기에 십 대에나 뛰봄 직한 허황한 꿈이나 바람들을 꺼내 보는 것조차 나는 해 보지 않았다.

"엄마, 엄마는 꿈이 뭐였어?"

초등학교에 들어간 세 아이가 돌아가면서 꿈을 물어올 때면 나의 두 눈은 번번이 허공을 맴돌다 빈 답을 들고는 이렇게 말했다.

"글쎄… 그게 뭐였을까?"

허락되지 않은 꿈같은 건 생각해본 적도, 꺼내본 적도 없이 나는 어른이 되었고, 엄마가 되었다.

조숙했던 첫째에게 이른 사춘기가 찾아왔다. 아이의 닫힌 방문과 마음 앞에서 더 이상 악쓰고 울부짖지 않기 위해 공부를 시작했다. 그중 하나였던 평생교육원의 '청소년 진로 지도 수업'은 뜻밖의 선물을 받는 시간이었다.

"지금의 상황, 능력, 처지를 다 제쳐두고 그 모든 것이 가능하다는 전제하에 당신이 하고 싶은 일은 무엇인가요?"

그때껏 누구도 물어주지 않던 꿈에 관해 물어왔다. 끊임없이 나에 대한 생각과 마음을 물어봐주는 질문들을 만나면서 처음으로 저 깊이 숨겨두고 꺼내보지 못했던 꿈과 바람들을 꺼내기 시작했다. 되든 안 되든, 그것이 가능한 일이든 가능하지 않은 일이든 어떤 판단도 누구의 눈치도 상황도 제쳐두니 이런 마음의 말들이 꺼내졌다.

'나는 할 수 있다면 글을 쓰는 사람이면 좋겠어!'
'나는 할 수 있다면 누군가를 가르치는 사람이면 좋겠어!'

'나는 할 수 있다면 마음을 치유하는 상담을 하는 사람이면 좋겠어!'

아이들의 적성과 기질에 맞는 심리검사를 배우며 진로를 찾아가는 과정의 수업은 마흔의 나를 또 한 번 열두 살로 돌아가게 했다. 그리고 마흔의 내가 안아주며 토닥여준 말들로 내내 울고 있던 마음속 열두 살 아이는 더는 울지 않게 되었다.

글을 쓰고, 누군가를 가르치고, 마음을 치유하는 사람이 되고 싶다는 과거와 미래의 나를 만나면서 처음으로 꿈이란 걸 꾸기 시작했다.

"거슬러 오른다는 것은 지금 보이지 않는 것을 찾아간다는 뜻이지. 꿈이랄까, 희망 같은 거 말이야. 힘겹지만 아름다운 일이란다."
―안도현의 『연어』 중에서

거슬러 오른다는 것에 대한 의미를 알려주며 초록 강이 은빛 연어에게 잔잔한 물살의 웃음을 보여주듯 이제 나는 꿈을 쓰며 스스로 초록 강이 되고 은빛 연어가 되어가는 중이다.

4.

나에게 청하는
화해와 사랑

토론지도사 과정이 끝나갈 무렵이었다. 수업이 끝나고 짐을 챙기던 나를 강사님이 따로 불렀다.

"선생님, 혹시 다시 일해 볼 생각 있어요?"

평생교육원에서 독서지도사 과정과 토론지도사 과정을 수강하며 근 1년을 만난 강사님이었다.

"제가 협회를 만들어 새로 팀을 꾸리고 있는데 선생님이랑 같이 일해보고 싶어서요. 협업 제안해 드리는 거예요."

뜻밖이었다. 그 수업을 듣고 있던 수강생 중에는 재취

업이나 창업을 꿈꾸며 강사님의 제안을 기다리는 수강생들이 제법 있었다. 하지만 나는 그런 유의 수강생이 아니었다. 나의 공부에는 다음의 진로나 목적이 정해져 있지 않았다. 첫째의 사춘기를 이해하고 싶어 시작한 공부였고, 그렇게 흘러 흘러 내 아이들에게 사교육 도움 없이 독서 지도 가이드만 할 수 있어도 좋겠다 싶어 시작한 작고도 소박한, 욕심 없는 공부였다.

그런 나에게 강사님의 협업 제안은 무심히 눈길을 주다 발견한 행운의 네 잎 클로버 같았다. 다른 수강생들에겐 티 낼 수 없는 기쁨이었다. 집으로 돌아와 강단에 서서 강의하고 아이들을 만나고 있는 나를 떠올렸다. 그때껏 한 번도 생각해 보지 못한 모습이었다. 나도 모르게 웃음이 새어 나왔다. 슬쩍 슬쩍 입꼬리가 올라갔다.

며칠 뒤 강사님은 새로 협회를 꾸리고 있는 선생님들과의 미팅 자리에 나를 초대했다. 한껏 멋을 내고 초대받은 장소로 나갔다.

"여기 선생님은 영재교육원에서 일하시던 선생님이시고, 저기 선생님은 중학교에서 사회 가르치시던 선생님, 저쪽에 계시는 분은 국어 선생님이셨어요."

그 자리에 나가기 전까지 기대에 부풀어 있던 나는 그제야 그들의 과거와 현재, 나의 과거와 현재가 되짚어졌다.

'경단녀도 다 같은 경단녀가 아닌 거지!'
'내 소개를 어디서부터 어디까지 해야 하는 거지?'
'강사님은 나를 저들과 같은 사람으로 생각하고 이 제안을 하신 걸까?'

마음속 깊은 곳에 숨어있던 열등감이라는 혓바늘이 솟아나더니 이내 마음을 쿡쿡 찔러댔다. 강 건너만큼의 거리가 느껴지는 그들과의 시간이 이어지는 동안 그들이 테이블 위에 올려둔 유발 하라리의『호모데우스』겉표지 문장이 눈에 들어왔다.

"진화할 것인가? 쓸모없어질 것인가?"

집으로 돌아와 강사님께 문자를 보냈다.
'강사님, 아직 막내가 어려서요. 제가 일을 시작하기엔 좀 이른 거 같아요.'
호모데우스의 진화라는 허들을 넘지 않았다. 열등감

을 자존심으로 감춘 채 찾아온 기회를 스스로 포기했다.

대기업을 다니는 남편에게 기대어 안온하게만 흘러가
는 전업주부의 삶을 이어갔다. 그런 삶은 남편이 사업을 시작하
고부터 조금씩 흔들리기 시작했다. 예기치 않은 변화들이 찾아
왔다. 더는 안온하지 못한 시간이 이어졌다. 그리고 이내 준비
없이 맞은 변화들 앞에서 스스로 진화의 허들을 넘지 않은 몇
년 전의 나를 자책하기 시작했다.

'왜 그렇게 용기가 없었어!'
'왜 미리 다음을 준비하지 않았어!'

일찍부터 워킹맘의 삶으로 범접할 수 없는 높은 커리
어를 쌓아 올린 지인들을 만날 때면 그들이 보낸 시간과 내가
보낸 시간이 비교되었다. 누구의 말에 휘둘리지 않으면서 소신
있고 원칙 있게 내 가정을 꾸려왔다고 자부했다. 하지만 나는
지난 시간의 나를 부정하고 있었다.

그 무렵 블로그가 내 삶에 들어왔다. 내가 보낸 전업주
부 12년의 기록 안에는 내 아이들과 보낸 추억과 성장의 시간,

소소하지만 잊을 수 없고, 작지만 행복했던 이야기들로 가득했다. 누구도 아닌 나 스스로 받고 싶었던 인정이라는 치유가 블로그 기록 안에 남아있었다.

이제야 비로소 엄마이자 선생님으로, 더 괜찮은 어른으로 그만큼의 시간이 필요했음을 깨닫는다. 누구와 비교하지 않으면서 나만의 속도를 찾아 걸어가고 있는 지금, 나를 부정했던 지난 시간의 나에게 화해를 청한다. 그리고 뒤늦게 사랑을 전한다.

5.
내 삶에
찾아온 선물

첫째가 초등학교에 들어가면서 학년마다 주어지는 필
독서를 아이와 함께 읽었다. 동화는 그 시간의 나를 다시 아이
와 같은 마음이 될 수 있게 만들었다. 수시로 이야기 속 주인공
이 되곤 했다. 조용하고 소극적인 아이들의 감정과 심리묘사를
섬세한 눈으로 읽어내고 표현하는 황선미 작가의 동화가 특히
그랬다.

"보잘것없고 내성적인 여자애는 세상에 내 편이라고
는 없는 줄 알았지요. 엄마한테는 말 잘 듣고 집안일

잘하는 맏딸이어야 했고, 나가서는 동생들 치다꺼리를 해야 했고, 학교에서는 뒷자리에서 반 애들을 지켜보기만 하는 애였으니까요."

『나쁜 어린이 표』에 소개된 작가의 글은 소리 없이 나를 흐느끼게 했다. 억울하고 힘들어 보이던 어린 소녀를 지켜준 단 한 명의 어른, 그 어른이 보여준 믿음으로 그 글 속 소녀는 작가가 되었다고 했다.

'나도 이렇게 아이들의 마음을 읽어주고 어루만져주는 동화를 쓰면 어떨까?'

동화작가라는 꿈이 마음속에서 몽글몽글 피어올랐다. 마음이 시키는 대로 처음 부려본 용기로 아카데미에 문을 두드렸다. 그렇게 글을 쓰기 시작했다. 매주 1편의 단편을 써서 합평을 받고 다시 쓰고, 또 1편을 써서 합평을 받았다. 새벽까지 실핏줄이 터질 만큼의 고단함을 참아가며 수정하고 다시 쓰고를 반복하는 시간이었다.

'내가 뭣도 모르고 동화라는 어려운 세계에 발을 담갔

구나!'

　　쓰면 쓸수록 내 부족함을 거듭 확인하는 6개월의 시간을 보낼 무렵 남편이 새로운 사업을 시작했다. 내 도움이 필요하다는 남편의 요청에 더는 동화 쓰기를 할 수 없었다. 나의 글쓰기는 짧게 시작되다 멈추었다.

　　남편의 일을 돕고 아이들을 키우며 시간이 흘렀다. 상황과 내 부족함으로 덮어두었지만 한번 글을 쓰고 싶었던 마음은 쉽사리 눌러지지 않았다.

　　우연히 글을 쓰고 올릴 수 있는 작가들의 블로그, 브런치가 있다는 것을 알게 되었다. 내 글을 올릴 수 있는 공간이 있다니 글을 쓰고 싶었던 나에겐 한 줄기 빛처럼 다가왔다. 그저 쓰고 싶다는 욕심에 아카데미에 다니며 써놓은 단편 동화를 서둘러 올리고 브런치에 작가신청서를 보냈다. 일주일 뒤 기대에 찬 나에겐 낙방 메일이 도착했다.

　　6개월이 흐른 뒤 두 번째 도전을 준비하면서 무작정 되고 싶은 욕심만 부렸던 그때의 내 무모함에 웃음이 나왔지만, 그 경험으로 두 번째 도전에서만큼은 합격 메일을 받을 수 있었다.

　글 한 편을 쓰기 위해 몇 날 며칠을 고민하고 잠을 설친다. 쓰다 지우다를 반복하며 겨우 꺼낸 문장마저도 수정하고 수정하느라 하루를 꼬박 보내 버리곤 한다. 매번 글쓰기는 나에게 힘들고 어려운 일이다. 그러면서도 왜 이토록 쓰고 싶을까?

　제임스 W. 페니 베이커, 존 F. 에반스의 『표현적 글쓰기』의 서문은 "글쓰기가 내 삶을 구원해 주었다."로 시작한다. 어쩌면 이 문장 한 줄이 내 글쓰기의 이유가 아닐까. 마음속 응어리를 풀어내고, 누군가를 이해하고, 언젠가의 나를 위로하면서 글쓰기는 나를 치유해주었다.

　처음 글을 쓰고 싶어 시작한 동화 작가가 될 수 있을지는 잘 모르겠다. 지금은 그저 어제보다 조금 더 행복하고, 조금 더 나은 사람이 될 수 있는 글을 쓰는 사람이면 좋겠다. 그리고 조금 더 욕심을 낸다면 일인칭 주인공 시점만 가능한 지금의 글쓰기가 삼인칭 관찰자 시점도, 전지적 작가 시점도 가능해지는 날이 왔으면 좋겠다.

하지만 지금으로도 충분하다. 글쓰기라는 선물이 내 삶에 들어온 후 나는 조금은 행복한 사람이 되어가고 있기에.

학습코칭 1급코치 (MTLC 다면적학습역량 검사 전문)
한국학습코칭전문가 협회 위촉강사
한국코치협회 KAC인증 코치
진로교육 강사
하브루타 부모교육 연구소 강사
하브루타 독서토론지도사
인천 시민퍼실리테이터
『아직 늦지 않았어요, 사춘기 자녀와의 거리 좁히기』(전자책, 2021) 저자
전) 15년 경력의 대형 어학원 강사

블로그 https://blog.naver.com/awesome_growing
브런치 https://brunch.co.kr/@jiniya1225
인스타 https://www.instagram.com/awesome_growing

어쩌다 아들 셋의 쌍둥이 엄마이자 야구 선수를 꿈꾸는 운동선수 부모
가 되었다.
영어를 통해 아이들의 꿈과 가능성을 넓히는 일을 해왔지만, 사랑과 이
해를 바탕으로 자기 삶의 주인이 되도록 도움을 주고 싶었다.
부모들의 성장과 함께하는 미래를 상상하면, 눈물이 고이고 가슴이 뛴다.
코칭을 통해 새로운 의미로 가득한 삶을 살아가며 더 많은 사람들과 함
께하는 여정을 기대해본다.

5장

윤소진

(어썸그로잉)

1.
빅픽처가 사라지면서
만난 글쓰기의 시작

대한항공 앱에서 예약했던 표를 패널티 없이 취소할 수 있었던 마지막 날이었다. 예약 취소 버튼을 누르기 직전까지도 현실을 부정하고 싶었다. 그냥 강행해도 되는 이유를 아무리 찾으려 해도 찾을 수가 없었기에, 결국 0.1초 만에 모든 준비가 물거품이 되는 순간 나는 꺼이꺼이 목 놓아 울었다.

IMF 때 친정아버지의 사업 실패로 유학을 포기했어야 했던 그때, 그리고 그 여파로 친정아버지가 돌아가시던 날도 이렇게 막막하고 슬펐었나 싶을 만큼 소중한 것을 잃어버리고 빼

앗긴 기분이 들었다. 내 남편과 아이들조차 그게 그렇게 슬프고 울 일이냐고 했다. 사실, 남편과 아이들에게는 그 미국 여행이 그저 무수히 떠나던 여행 중의 하나이고, 못 가면 다음이라는 생각에 그쳤을 테지만 나에게는 '특별한 여행'이었다. 내 삶의 터닝포인트를 꼭 찾아서 돌아오겠다고 결심하고 계획한 여행이었다. 그 시기를 정하는 것부터 여행 기간, 숙소 그 모든 것이 그러했다.

마일리지 좌석을 원하는 날짜에 구매하기 위해서는 수개월 전에 준비하지 않으면 불가능하다. 삼 형제의 맏이인 야구 소년이 중학교 올라가기 전 야구 시즌 아웃 기간에 맞춰 8개월 전에 비행기 예약을 했다. 남편은 장기 휴가를 위해 차곡차곡 연차를 모았고, 나는 이 여행을 위해 4년 동안 내 영혼을 갈아넣은 곳에 사표를 냈다. 다시는 그곳으로 돌아가지 않을 이유를 반드시 만들어서 귀국하겠노라 다짐했었다. 남편은 2주 일정, 나와 아이들은 두 달여 일정이었다. 혼자 돌아와야 하는 남편을 위해 내 피 같은 마일리지로 비즈니스 좌석을 선물했다.

이민을 내 인생 최고의 목표로 삼았던 적이 있다. 그래서 내가 한국보다 편하게 느끼는 포인트를 남편에게 보여주고 싶었다. 이민자로 사는 삶이 절대 쉽지는 않겠지만, 실패하더라도 경험해 보고 싶었다. 나는 그렇게 먼 타국에서 새롭게 시작하고 싶은 꿈을 꾸었다. 왜 그런 생각이 떠나지 않는 것인지에 대해서는 조만간 답을 찾을 수 있을 것 같다.

남편에게 비즈니스 좌석을 선물했던 이유는 편하게 한국으로 돌아가는 비행기 안에서 새로운 결심을 해주기를 바랐던 것이다. '내가 혼자서 아이들과 미국에서 살게 된다면?'이라는 전제와 이민이 아니더라도 '내가 미국에서 할 수 있는 일을 찾으면?'이라는 큰 물음표를 가지고 여행자가 아닌 관찰자로 미국 여행을 계획했었기에 코로나로 여행이 취소되며 느낀 감정이 쉽게 진정되지 않았다. 코로나로 후임자가 구해지지 않아 3월에 예정되었던 나의 퇴사는 8월이 되어서야 마무리가 되었는데, 여행 취소라는 예상치 못한 일이 일어났음에도 불구하고 퇴사를 반려하고 싶지는 않았다.

여행을 취소하고 한동안 시간을 그냥 흘려보내면서 계절이 바뀌었다. 뭘 해야 하지? 어디로 가야 하지? 실업급여 마지막 달이 다가오자 미래에 대한 불안감이 밀려들었다. 무언가를 시작하지 않으면 안 될 것만 같았다. 그때 작은 프로젝트

YES 24 에세이 작가 공모전에서 만난 고은샘과의 글쓰기가 새로운 시작이 되어주었다. 그 도전이 전자책으로까지 이어지는 기회가 되었고, 전자책이 나오니 블로그를 하지 않을 수가 없었다. 나의 첫 닉네임은 '하소연 공방지기'. 하지만 너무 낯설기만 한 온라인 세상이 두려웠고, 너무 많은 사람의 일상이 내 눈 앞에 펼쳐졌을 때는 사실 앞으로 나아가기보다는 오히려 뒷걸음치고 싶어졌다. 파고들수록 미국 여행에 대한 미련이 커졌고, '내가 여기 이러고 있을 때가 아닌데.'라는 생각이 좀처럼 사라지지 않았다. 그런데도 계속 나는 어딘가에 소속되고 싶은 마음에 이리저리 기웃거렸다.

서로를 응원하고 일상을 공유하는 많은 사람이 모여 있는 그곳에서 자극받기도 하고, 스스로 용기를 내어보지만 나와는 맞지 않는 옷 같았다. 하나같이 빠른 속도감으로 성장하는 모습이 몹시 불편했다. 그런데도 포기하지 않고 어떻게든 해 보고 싶은 마음이 컸다.

고민 끝에 닉네임을 바꾸기로 했다. 어썸그로잉! 아이 셋을 키우며 아이들의 성장 과정을 함께하면서 내 성장에 대한 갈증이 있었나 보다. 하지만 마흔이 훌쩍 넘은 나를 성장시키는 일이 무엇인지 알지 못했다. 그럼에도 필요성을 느꼈고, 분명 나와 같은 속도감과 주저함을 가진 사람들도 있으리라 생각했다. 그렇게 나만의 속도를 존중해주고, 느리지만 꾸준한 성장을 이루어가고 있는 공간이 '원앤원 블로그 글쓰기'였다.

그것이 나의 원앤원 시작이자 진짜 블로그 글쓰기의 시작이다.

포기라고 생각해서 몇 날 며칠을 울었던 여행 속에 그려놓았던 나의 큰 그림, 다시 그려보고 싶어졌다.

2.
느슨한 연대,
나만의 속도 그리고 소속감

내 머릿속의 지우개를 탓해야 할까? 무심하고 세심하지 못함을 탓해야 할까? 내가 원앤원을 언제 어떤 계기로 알게 되었고, 어떻게 우연 같은 시작이 일어났는지 나만의 서사가 정확하게 떠오르지는 않는다.

그때의 나는 가족이 아닌 타인과 연대를 이루는 소속감이 필요했다. 학연과 지연이 아닌 나를 전혀 모르는 누군가에게 나를 알리는 것이 쉽지 않았음에도 불구하고, 누군가와 관계 맺기를 바라고 있던 때였다. 그 대상을 찾기 위한 기준의 1순위

는 사람이 많지 않을 것, 새로 시작하는 모임일 것, 나처럼 주저
함이 많은 사람이었으면 하는 것이었다. 속도감이 빠른 사람들
과 호흡을 맞추는 일은 여간 힘이 드는 일이 아니다.

블로그 시작하기, 홈페이지형 블로그 만들기, 온라인
친구 만들기 등 블로그를 기반으로 하는 다양한 온라인 세상 속
놀이터에 이리저리 기웃거리기 시작했다. 여전히 내가 있을 곳
이 아니라는 생각은 사라지지 않았다. 단톡방의 개수는 늘어나
고, 수십 명이 함께하는 카톡방에서 사람들의 정성 어린 댓글과
응원의 글이 하루 수백 개씩 쌓이는 것을 보면서 이러지도 저러
지도 못하는 이방인 같았다. 달고 싶은 댓글이 생겨도 '이 사람
이 그 사람이 맞나? 잘못 알고 있는 것은 아닌가? 아~ 다 귀찮은
데.' 그렇게 구경꾼 같은 존재였다.

그런데도 내 머릿속에는 무언가를 하고 싶다는 생각이
점점 커져만 갔다. 첫 시작이 바로 원앤원에서의 1일 1 포스팅
이었다. 자기 계발하는 대부분 사람이 공통으로 하는 말이 "블
로그 하세요."였고, 마침 블로그 이웃 알레나 님이 블로그 "함께
써요, 작은 습관 만들어요."라며 수줍게 손을 내밀었다. 원앤원
블로그 함께 쓰기 예비모임에서 본인이 블로그로 성장한 이야

기를 들려주는데, 지난 몇 달간 블로그 관련 강의나 프로젝트에서 느껴졌던 부담감은 크지 않았고 나만의 속도를 존중받을 수 있을 것 같은 느낌이 들었다. 게다가 인원도 많지 않았으며, 초기 멤버로서 시작을 함께할 수 있었던 것이 제일 좋았다. 나의 바람이었던 소소하면서도 편안한 소속감을 느끼기에 더할 나위 없이 좋은 분위기였다.

목표했던 포스팅을 채운 달도, 그렇지 못한 달도 부정적인 감정이 밀려오지 않는 편안함. 인터넷 세상 속 아지트가 나에게도 생긴 것 같았다. 정말 각기 다른 사람들이 굉장히 비슷한 이유로 원앤원 안에 모였다. 더 재밌는 일은 어디서 시작되었는지 알 수는 없었지만, 원앤원 안에서 처음 본 사람들이 아니었다는 것. 제법 큰 규모의 커뮤니티에서 나름 자기의 색깔을 내고 있던 사람들도 나와 비슷한 이유로 이곳에 모여 있다는 게 너무 신기했다. 함께하는 시간이 길어지면서 원앤원의 의미는 점점 더 커졌다. 그 원이 커지는 만큼 8명의 엄마는 참 많이 성장했다. 참 고마운 사람들.

단톡방에서 혹은 블로그 댓글에서 나는 따뜻하고 자세한 응원의 메시지들을 듬뿍 받는데, 여전히 내 손가락으로부터 나오는 댓글은 내 마음의 크기에 비해 초라하기 짝이 없다. 이 자리를 빌려 그동안 표현하지 못했던 마음을 전하고 싶다.

원앤원의 리더로서 나와는 다른 따뜻함과 세심함에 강인함도 지닌 그래서 인간적인 모습에 처음부터 끌렸던 마음 숲속의 알레나님. 함께 해줘서 정말 고마워요.

말, 글 모든 것이 감동이고, 따뜻함에도 참 여러 종류가 있다는 사실을 알게 해준 까만 콩 블랙빈 님. "1년 내내 감동을 선물해줘서 고마워요." 2022년 기장의 여름을 잊지 못할 것 같다.

편안함과 든든함을 유머와 위트로 단톡방 분위기를 담당해주고 있는 진로북극성 님. 그저 사람이 좋아서 그리고 누군가와 함께하는 자체만으로 살아있음을 느끼는 것이 나와 닮아 있어 든든하다.

나를 움직이게 해준 밸류비스 님. 글보다 말이 편해서 통화할 기회가 종종 있었다. 원앤원의 브레인답게 나를 깨우고 객관적으로 바라볼 수 있게 해준 고마운 사람, 나를 위해 조심스럽게 던진 말들이 가끔은 아프기도 했지만 아프기만 한 것은 아니었다.

아이의 눈높이로 바라보고, 아이의 마음을 읽어주는 모습을 상상하면 힘찬토리 님의 얼굴이 떠오른다. 극복이란 단어보다 힐링, 치유의 삶이 더 잘 어울리는 그녀가 올해는 더 건강해지길 바란다.

공무원에 대한 인식을 확 바꿔준 밍 님. 본인은 매우 겸손하지만, 그 겸손이 부끄러워 달아날 만큼 그녀의 글은 너무 매력적이다. 유쾌하고 명쾌한 문장에서 느껴지는 솔직하고 꾸밈없는 그녀의 글을 나도 따라 해 보고 싶다.

우리 모임의 막내. 하지만 열정과 행동력만큼은 막내라 부를 수 없는 멋진 동생. 블로그 이전에 글쓰기의 시작을 함께해준 블로그 이웃이기에 사실 제일 오래된 인연이 아니었을까? 무심하게 툭 던지는 "나 이 언니 좋아." 이 말을 들을 때면 기분이 참 좋다.

"'같이'의 가치", "원 안의 원", "하나 더하기 하나는 함께입니다"

무엇이 지금의 우리를 여기까지 끌고 왔을까? 우리 8명 모두가 하루하루 최선을 다해 살면서, 그 모습을 보는 내 아이가 그리고 우리 가족이 단단해지기를 원하는 목표가 같아서가 아니었을까? 느슨한 연대로 시작했지만, 끈끈한 인연으로 원앤원의 원이 어디까지 커질 수 있을지 몹시 궁금해진다.

3.
나 안 돌아갈래!

'내 인생의 터닝포인트'란 내 마음이 혹은 나를 둘러싼 환경이 유의미하고 중요한 방향으로 바뀌기 시작한 계기나 시기를 말한다.

코로나는 세상을 너무 빨리 바꿔 놓았지만, 어떤 삶의 태도를 가졌는지에 따라 누군가에게는 코로나가 터닝포인트가 되지 않았을까 싶다. 온 가족 미국 여행을 기점으로 내 인생을 다시 디자인해 보겠다던 야심 찬 계획이 없던 일이 되자 한동안 갈 길을 잃고 혼란스러웠다.

여행을 위해 과감하게 사표를 던졌는데 코로나로 여행 계획이 취소되었으니 다시 본업으로 돌아갈 것인가? 아니면 마흔을 훌쩍 넘은 학원 강사의 절차대로 학원 경영에 돌입할 것인가? 고민했다. 그냥 두 손 놓고 시간을 보낼 수 없기에 학원으로 적합한 상가를 보러 다녔지만 진척은커녕 '이게 아닌데….'라는 마음의 소리는 점점 더 커져만 갔다. '어쩌지? 지금부터 난 뭘 해서 먹고살아야 할까?' 실업급여도 끝이 나고, 모아놓은 돈이 일정 수준 이하로 내려가기 시작하자 불안감이 엄습했다.

'나 안 돌아갈래!'

내 온몸의 세포들까지 강력한 제동을 걸고 있었다. 돌아가지 말라고. 일단 숨 한번 고르고 찾아보라고. 그런데 또 다른 내가 '지금 애들한테 돈이 이렇게 많이 들어가는데 돈 벌 수 있는 일, 돈이 되는 일 뒤로하고 뭐 하려고 그러는데?'라고 물었다.

그래도 돌아가지 말자고 결심했다. 그러고는 전 직장에서 걸려 오는 전화번호들을 우선 차단했다. 내가 원하는 급여와 근무 조건으로 설정해 둔 구직사이트 알람 설정을 off로 바꾸고, 헤드헌터 사이트에 올려놓은 이력서를 비공개로 전환했다. 돌아가지 않을 모든 준비를 마쳤다. 그런데 거부하기 힘든 제안이 들어왔다.

예전에 지원했던 국제 학교에서 먼저 이직 제안을 해온 것이다. 그것도 강사가 아닌 행정 총괄로 말이다. 강사 이력에 행정 관련 업무까지 했었기에 가능했던 제안이다. 100% 영어환경에, 미국 공립학교 시스템이라는 달콤한 제안을 들으니 흔들리지 않을 수 없었다. 그러나 과중한 업무와 나라는 사람의 특성상 일을 주면 그 일에 대한 몰입도가 너무 커서 벌어질 상황들이 불 보듯 뻔했다. 마지막으로 '그것이 정말 내가 원하는 일이었나?'라는 질문에서 더 나아갈 수가 없었다.

모든 조건이 충족한다고 할지라도, 시간이 자유롭지 못하다는 점과 '정말 내가 원하는 일이었나?'는 질문이 마지막까지 걸림돌이 되었다. 그때 알았다. 난 더 이상 누군가로부터 정해진 월급을 받으며 출퇴근 시간을 지켜야 하는 답답한 생활은 하고 싶지 않다는 것을. 나에게 주어진 시간을 나의 의지대로 온전히 나를 위해 쓰고 싶다. 매달 꼬박꼬박 통장에 입금되는 적지도 많지도 않은 월급의 달콤함 때문에 나에게 맞지 않은 옷을 입고 답답해하는 생활은 그만두기로 결심했다.

시간의 자유를 동경하지만, 경제적 자유가 없는 것은 반쪽짜리에 계획에 불과하기에 새로운 시작이 필요했다. 내 욕구와 일치하는 선택을 해야 한다고 다짐 또 다짐했다. 같은 실수를 반복하지 말자고. 일단 저지르고 수습하기로 했다.

2021년 가을 무렵, 내 눈이 머무르고 관심이 생기면서 할까 말까 고민하는 일들을 하나둘씩 시작했다. 하나가 끝나면 또 다른 것이 나타나기도 했고, 어디로 흘러가는지도 모른 채 본업으로 돌아가지 않기 위한 몸부림은 그 뒤로도 계속됐다.

저지르고 수습하는 일들로 가득 채우는 하루를, 한 달 한 달 살았다. 뭐 하는 거지 싶은 생각이 들기도 했지만 의심하지 말고 일단 밀고 나가자며 스스로를 다독이기도 하고, 주변 사람들의 응원을 받으며 2022년 가을을 보냈다.

무의미해 보였던 소소한 일상 속의 많은 일들이 묘하게 한 방향으로 모이는 것 같았다. 결실이라고 하기에는 많이 부족하지만 삶에 대한 나의 태도가 바뀐 것은 분명하다.

"그 무수히 많은 점이 모여 유의미한 선이 될 거예요."
라고 했던 알레나 님의 말을 기억한다. 사실 그 말을 들을 때만
해도 '내가 무슨 점을 찍고 있는 거지?'라며 나에 대한 확신이 부
족했지만 내 욕구와 일치되는 선택과 실행력에 대한 절실함은
그 어느 때보다 컸다.

내가 좋아하는 일이 잘하는 일이 되면서 누군가에게
선한 영향력으로 돌아갈 즈음이면 경제적 자유와 함께 시간적
자유라는 큰 선물을 받을 수 있을 거라는 희망을 품어본다.

내 인생의 터닝포인트 "나 안 돌아갈래!"를 외치던 바
로 그 순간, 내 삶이 달라지기 시작했다.

4.
과거의 나를 안아주기
그리고 나 돌보기

마흔을 넘기고서야 나를 객관적으로 보기 시작했다. 지난 과거를 생각해보니, 후회되는 일들이 너무 많다. 무의미하게 시간을 흘려보낸 것이 속상해서 시간을 되돌리고 싶어졌다. 그런 생각에 빠져 그 순간을 제대로 살지 못했던 시간이 길었다. 과거의 내가 지금의 나를 지배하지 않게 해야겠다. 그리고 과거의 나를 힘껏 안아줘야지.

누군가를 만족시키기 위한 삶 vs 나를 만족시키기 위한 삶.

내 삶의 여정마다 나타나는 선택의 갈림길에 늘 나는 없었다. 마흔을 훌쩍 넘기고서야 나를 중심에 두고 생각하기 시작했다. 대학을 선택할 때도 재수는 절대 안 된다는 엄마의 말에, 괜히 고집했다가 실패할까 봐 내가 정말 원하는 것을 뒤로하고 떨어지지 않을 안정적인 선택을 했다. 대학 졸업을 앞두고도 대학원은 안 된다며 얼른 취업해서 밥벌이하라는 말에 대기업 면접은 아예 시도조차 하지 않았다. 결국 지금은 한국에서 퇴출하고 없는 외국계 유통회사에 졸업 전에 취업했다.

언뜻 보면 무리 없이 제 앞가림 잘하며 사는 것처럼 보이지만 내 안에서는 채워지지 않는 무언가에 대해 공허함이 늘 존재했다. 그 공허함의 실체를 알지 못했다. 당시에는 그것이 최고의 선택이라 생각했기 때문에 늘 열심히 치열하게 살았다.

결혼도 마찬가지였다. 돌아가신 아빠의 부재가 가져온 많은 어려움을 외면하고 싶어서 이른 결혼을 결심했다. 결혼이라는 것이 배우자를 만나 새 가정을 꾸미는 인생 프로젝트라기보다는, 독립을 위한 수단이자 남편으로부터 심리적 안정감을 얻기 위한 선택이었고 이런 것들이 그때는 너무나도 절실했다.

나는 재수를 해서 호텔 경영학과에 가고 싶었고, 신입사원 연수받는 대학 동기들이 부러웠으며, 외국계 기업에 입사했으니 해외 근무도 해 보고 싶었지만 결국 어느 것 하나 시도하지 않았다. 결론적으로 내 선택은 언제나 나의 욕구를 채워주지 못했다. 결혼하면 내가 하고 싶은 것을 마음껏 할 수 있을 거란 생각은 아주 커다란 착각이었다. 모두가 알지 않은가? 결혼이라는 현실 속에 어떤 것들이 나를 기다리고 있는지. 그나마 결혼 후에는 나를 만족시키는 삶에 조금 더 다가가기 위한 노력을 했다.

결혼 4년 차쯤, 이직하기 전 2달이라는 시간이 주어졌을 때 남편에게 2주가량의 시간을 선물 받아, 약속했던 기간을 훌쩍 넘겨 유럽 배낭여행을 다녀오기도 했다. 내가 그 여행의 힘으로 그 뒤 10년을 버틸 수 있었던 가장 큰 이유는 비록 타인에게는 이해받기 힘들지라도 나를 만족시키는 선택을 굽히지 않고 강행했기 때문이 아니었을까?

모든 선택에서 타인이 아닌 내가 중심인 의사결정을 내리는 것은 여전히 힘들다. 과거의 내가 현재의 나를 힘들게 하는 이유는 모든 선택에 나를 배제함으로 인해, 그 선택에 책임지려 하지 않았기 때문이다. 힘듦의 이유를 자꾸 내가 아닌 남의 탓으로 돌리는 안 좋은 습관이 생긴 것도 마찬가지. 지금 알게 된 것을 조금 더 일찍 알았더라면 어땠을까?

"소진 샘아~ 너의 욕구와 일치되는 선택을 하지 않아서 그렇게 힘들었던 거야."

하브루타 공부를 같이 했던 선생님의 말씀 한마디가 나를 변화의 시작점에 데려다 놓았다. 엄마의 통제 속에 몸부림치던 과거의 내가 현재의 나를 괴롭히고 있었다는 사실을 아는 데 이렇게 오랜 시간이 걸리다니. 딱히 어떤 대응을 하지 않았음에도 불구하고, 그 사실을 직면하는 것만으로도 관계 회복에 도움이 된다는 사실을 경험했다. 나와의 화해뿐만 아니라 엄마와의 화해까지 이루어진 셈이다.

엄마에게 과거의 내가 느꼈던 감정을 솔직하게 털어놓을 수 있었고, 그걸 들은 엄마는 울었다. 미안했다며, 네가 그렇게 힘들어하는 줄 몰랐다고. 그냥 엄마가 이끄는 대로 따라와 주려고 노력하는 모습만 봤지, 그 안에서 몸부림치는 내 모습을 보지는 못했었다고 말이다.

그런데 그것은 끝이 아닌 시작이었다. 내가 인지하고 있던 나의 내면 아이를 만났고, 그로 인해 엄마와 관계에 진전이 있어서였을까? 내 안의 무언가가 다시 꿈틀거린다. 한 번의 경험이 또 다른 시작을 불러일으킨다고 하더니 틀린 말이 아니었다. 더 깊이 박혀 있는 또 다른 내가 있음을 알았던 걸까?

내가 좋아하는 일, 내가 잘할 수 있는 일, 그리고 그 일로 세상에 도움이 될 수 있는 일에 실행력과 확신을 얻고자 떠난 여행에서, 전혀 생각지도 못했던 또 다른 내면 아이를 마주했다. 사실 너무 충격적이었다. 어쩌면 이 공저를 위해 써 놓은 글의 상당 부분이 가면 속의 나일 수도 있겠다는 생각이 들어서 퇴고의 시간이 망설여졌다. 앞으로 내 삶이 전혀 다른 방향으로 흘러갈지도 모르겠다는 무서운 생각도 들었다. 미래지향적인 플랜을 만들고자 떠난 여행에서 마음공부로 돌봄이 필요하다는 깨달음을 얻었으니 그동안 무수히 찍었던 점들의 빈틈을 메꾸어, 두껍고 튼튼한 선이 그려지도록 돌봄의 시간을 가질 예정이다.

그 돌봄의 시간도 기록으로 남겨봐야겠다.
더 깊이 있는 나와 화해하는 시간이 될 테니까.

5.
기적,
이제 시작이다

　　학교에서 그리고 사회에서 다양한 관계를 맺으며 지내
왔던 사람들 틈에서 나는 모든 순간 최선을 다했다. 상대방의
요구에 나를 맞추면서 마치 나를 위한 것인 양 가면을 쓰고 있
었다. 상대방에 대한 배려와 상대를 충분히 이해하는 공감이 아
니었다는 것을 뒤늦게 알았다.

　　'나는 왜 사람들 속에 있을수록 더 외로웠을까?'

　　이 질문에 대한 뚜렷한 해답을 찾지 못한 채 살았는데

언젠가부터 사람을 만나는 일이 귀찮아지고 번거롭기 시작했다. 인제야 그 이유를 조금은 알 것 같았다. 상처를 준 사람은 없는데 상처받은 나를 스스로 치유하는 방법으로 내 마음을 숨기거나, 묻어버리는 선택을 했다. 진짜 가면 속 나를 마주하고도 바꿔야겠다고 생각하지 못했다. 가면을 벗고 싶어도 용기가 나지 않았다. 나를 오랫동안 보아왔던 친구들과 지인들은 나를 보고 "네가???"라는 반응을 보일까 봐 가면 속에 나를 꼭꼭 숨겨 두었다.

내가 빠진 관계 맺기는 내 낮은 자존감을 그대로 보여주는 것이 아니었을까? 타인과의 관계 속에서 나를 보호하고 아끼는 태도는 타인에 대한 배려심과 전혀 다른 문제라는 것을 조금만 더 일찍 알았더라면 나를 좀 더 사랑하며 살지 않았을까 싶다.

사람에게서 받은 상처 혹은 나 혼자 느끼는 상처라 부르는 감정에 더 이상 휘둘리고 싶지 않아 점점 외로워지고 있었다. 하지만 어쩔 도리가 없었다. 아이들은 쉼 없이 크고 주어진 하루하루에 최선을 다하며 열심히만 살았다. 내 안전지대를 벗어나지 못하는 선택의 연속이었다.

코로나가 세상을 완전히 바꾸어 놓았다고 한다. 온라인 세상은 나와 전혀 상관이 없는 세계라고 생각했다. 세상의 변화에 호기심이 많은 사람도 아니었고, 익숙한 일상과는 다른 삶을 꿈꾸면서도 새로운 것에 대한 두려움이 매우 컸다. 그런데 마치 그런 일탈이 익숙한 사람처럼 행동하기도 했다. 거짓된 삶을 살고 있었다는 생각이 들 때마다 얼굴이 화끈거린다.

코로나로 손 안의 컴퓨터와 모니터 속 화면에서 많은 일들이 일어나고, 성공과 실패를 거듭하면서 성장하는 많은 사람의 모습을 보고 싶지 않아도 볼 수밖에 없었다. 나는 나만의 속도를 외치며 여전히 제자리걸음이었다.

변하지 않으면 죽을 수도 있다고 했다. 이제는 더 이상 물러설 곳이 없다고도 했다. 빠르게 변하는 세상은 기다려주지 않는다고, 지금 움직이지 않으면 격차가 벌어진다고 말이다.

2021년 6월, 퇴사와 함께 인생의 터닝포인트를 만들겠다고 했지만, 세상은 멈췄고 바삐 돌아가던 나의 하루를 채워줄 새로운 것이 필요했다. 그렇게 온라인 세상으로의 첫걸음이 시작되었다. 결론부터 말하자면 그것이 내 성장의 시작이 된 셈이다. 온라인 세상 속 사람들은 친절했다. 처음 본 사람에게 보내는 환영과 응원의 메시지는 오프라인 세상 어디에서도 받아보지 못한 환대였다.

모든 환대가 진심은 아니지 않겠냐는 생각에서 시작된 조심스러움은 쉽게 사라지지 않았다. 지금도 생각하면 죄송해서 기회가 된다면 사과의 말씀을 전하고 싶은 선생님 한 분이 계시다. 3개월가량 주 1회 하브루타 그림책 모임에서 만난 선생님. 개인적인 이유로 그 모임에 몰입하기가 쉽지 않았다. 그런데 어느 날 갑자기 모르는 번호로 주소 좀 알려달라고 문자가 왔고, 반사적으로 올라오는 의심스러움에 상대에 대한 확신이 필요하다는 메시지를 보냈더니 죄송하다는 회신을 받았다. 당시 같은 수업을 들었던 다른 사람들은 그분으로부터 매년 예술적인 감각이 담긴 선물을 받고 있다. 진심이 담긴 선물을 하려던 그분의 마음을 다른 의도로 의심했던 내가 너무 부끄럽고 죄송스럽다. 온라인에서 인연을 만들어 가는 것이 쉽지는 않았다.

블로그 글쓰기를 시작한 지 2년, '하소연 공방지기'라는 닉네임에서 '어썸그로잉'으로 바꾸고 나서 많은 것들이 변하기 시작했다. 온라인 세상에 신뢰가 쌓였고, 그 속에서 자기 계발하며 변화해 나가는 사람들에게는 모두가 '나다움'을 찾는 공통점이 있었다. 내 욕구와 일치하는 선택을 통해 나를 찾아가는 시간으로 불안감을 줄이고, 저지르고 수습하는 시간 동안 수백 장의 섬네일에 @awesome_growing을 새겨넣으며 그렇게 성장해 가고 있다.

준비된 사람에게 찾아오는 기적, 이제 시작이다.

『나의 직업은 육아입니다』 저자
『서평 쉽게 쓰는 법』(전자책) 저자
『내 인생의 첫 기억』 공저 기획
『괜찮아, 바로 지금이 나야』 공저

독서지도사
글쓰기 강사/ 동기부여 강사
사회복지사

블로그 https://bolg.naver.com/writergoeun
인스타 https://www.instagram.com/writer_goeun

대한민국 대표 평범한 엄마에서 꿈을 이룬 엄마가 되기까지 쉽지 않은 여정이었다. 나로 살기 위해 책을 펼쳤고 꿈을 찾아 글을 쓰기 시작했다. 지금은 독서와 글쓰기가 자양분이 되어 제2의 인생을 살아가고 있다. 사회복지사로 일하면서 강사, 작가, 독서 모임 리더로 다양한 도전을 하며 꿈꾸는 엄마로 계속해서 성장하고 있다.

6장

이고은

(고은샘)

1. 글 쓰는 이과생

    고등학교 2학년을 앞두고 선택의 길에 서게 되었다. 공부 좀 한다는 친구들은 이과를 선택했고 공부에 관심이 없는 친구들은 문과를 선택했다. 공부에 관심이 없는 학생들이 80%로 대부분 문과를 선택했고 친구와 같은 반이 되고 싶은 몇 아이들은 확률이 높은 이과에 지원했다.

    나 역시 중학교 때부터 공부에 관심이 없었다. 없던 관심이 고등학생이 되어 생길 리 만무했다. 그런 나를 공부의 세계에 끌어들인 한 남자가 있다. 키는 180센티미터가 넘는 장신에 구릿빛 피부, 세미 정장을 깔끔하게 입고 다니는 홍콩 배우를 닮은 선생님이다. 그 선생님의 담당 과목은 모두가 싫어하는 수학이었다. 선생님께 잘 보이기 위한 수단으로 수학을 공부하기 시작했다. 어렵고 힘들다는 생각보다는 잘해서 잘 보이고 싶은 마음이 컸다. 자연스레 나는 이과를 선택했다. 수학 선생님을 계속 만나야 했으니까.

고등학교 3학년 첫날. 누가 담임선생님이 될까 궁금해하며 자리에 앉아있었다. 잠시 뒤 문을 열고 들어온 선생님은 키 작은 남자 선생님이었다. 나는 소리 내어 웃었다. 단 한 번도 나에게 수업을 가르쳐 주신 적은 없지만 이미 우리는 아는 사이였다. 어쩌면 친한 사이였다고 말해도 될 만큼이나.

그날 선생님은 반장을 원하는 친구는 손을 들라고 하셨고 아무도 손을 들지 않았다.

"야, 이고은 네가 반장 해."

"싫어요. 내가 왜요?"

선생님은 슬리퍼를 벗어들고 때릴 듯한 자세를 취하며 내 자리로 오셨다. '아 뭐야 반장을 무슨 협박으로 시켜요.'라고 말하려 준비 중이었다. 그때였다. 옆에서 조용히 손을 드는 아이가 있었다. 반장에 지원한 아이 덕분에 나의 반장 자리는 다행스럽게도 넘어가는 듯했다.

"그럼, 이고은 너는 부반장 해. 끝."

"아, 왜요?"

사춘기 소녀처럼 또는 개구쟁이 학생처럼 투정 부렸지만 이미 반장, 부반장 선출에 반 친구들은 환호했고 선생님의 선언도 끝난 뒤였다. 나를 무척이나 이뻐해 주시는 이 이상한 담임선생님의 담당 교과목 역시, 수학이었다.

고등학교 2학년 때는 수학 선생님이 좋아서, 3학년 때는 나를 이뻐해 주시는 담임선생님께 보답해 드리고 싶은 마음으로 늘 수학을 공부했다. 시험 기간이라고 딱히 공부하지 않았던 나지만 수학 시험 전날만큼은 공부를 했다. 성적표를 보면 수학만 성적이 좋았다.

대학 진학을 위한 상담에서 선생님은 수시로 수학과 쪽을 노려보는 게 어떠냐고 했다. 그도 그럴 것이 수능을 본다면 내 성적은 바닥을 칠 것이었다. 그렇다고 전체 내신이 좋았던 것도 아니다. 수학 성적만 좋았기에 선택의 폭이 좁았다. 대학은 가는 것이 맞다고 의심의 여지가 없던 시절이라 나는 수학 성적으로 넣을 수 있는 대학교에 입학원서를 냈다.

대학에서 배우는 수학은 고등학교 때 배운 것과는 차원이 달랐다. 일 더하기 일은 왜 이가 될까를 증명했다. '이걸 왜 증명하지? 사과가 하나 있고 또 하나가 있으면 두 개인 거지 그걸 굳이 증명까지 하다니.' 좋아하는 수학 선생님도 나를 이뻐해 주는 선생님도 없는 곳에서 배우는 수학은 재미가 없었다. 나는 수학에 흥미를 잃었다.

그렇다. 나는 수학을 좋아했던 것이 아니었다. 상황이 그렇게 만들었을 뿐이다. 나는 무엇을 좋아하는가를 돌이켜보면 끼적이는 것, 쓰는 것을 좋아했다.

어느 날 방송에서 파워블로거의 일상을 본 적이 있다. 연예인들만 받는 명품도 협찬받는 파워블로거는 즐기면서 돈도 벌고 출퇴근하는 시간적 압박에서 벗어났으며 무엇보다 행복해 보였다. 그때 머리가 반짝거렸다.

'이거야!'

나는 파워블로거가 되기로 마음을 먹었다. 블로그를 열었고 읽었던 책을 기록하기 시작했다. 시작이 반이라고 하지만, 호화롭게 시작한 블로그는 그대로 막을 내렸다. 끈기 부족, 결핍 부족, 지식 부족 등 여러 가지 이유로 블로그는 방치되었다.

어느덧 세월을 흘러 파워블로그는 없어졌고 인플루언서라는 제도가 생겼다. 나의 도전은 자연히 파워블로그에서 인플루언서로 갈아탔고 몇 번 시도했지만, 매번 탈락하고 말았다.

파워블로거도 인플루언서도 아닌 그냥 블로거인 나지만, 자유롭게 글을 쓰며 사람들과 소통할 수 있는 나만의 온라인 공간이 생겼다는 것만으로 행복하다. 그렇게 그 공간 속에서 다양한 사람들을 만나고 배우며 하루하루 성장하는 삶을 살고 있다.

2. 서로의 가치

In every aspect of our lives, we are always asking ourselves, How am I of value? What is my worth? Yet I believe that worthiness is our birthright.

우리는 삶의 모든 측면에서 항상 '내가 가치 있는 사람일까?', '내가 무슨 가치가 있을까?'라는 질문을 끊임없이 던지곤 합니다. 하지만 저는 우리가 날 때부터 가치 있다 생각합니다.

— 오프라 윈프리(Oprah Winfrey)

세계적인 유명 인사 오프라 윈프리는 우리는 모두 날 때부터 가치가 있다고 했다. 가치 없이 태어난 사람은 없다. 다만, 살아가느라 살아내느라 그 가치를 잃어버리는 경우가 있을 뿐이다.

나 역시 그랬다. 나의 가치를 잊고 살았다. 두 아이를 낳고 집에서 하루를 보내는 것이 일상의 전부인 자존감 낮은 사람이었다. 시간은 넘쳐났고 그 넘쳐나는 시간을 집안일에 투자했다. 나를 위한 일은 아니었고, 생산적인 일도 유익한 일도 아니었다. 그저 누구나 하는 집안일이었다.

그러던 어느 날, 블로그를 시작했다. 블로그 로직부터 포스팅 쓰는 법, 상위 노출하는 방법, 저품질에 걸리지 않는 법 등을 배웠다. 알면 알수록 어려웠지만, 알아가는 재미도 있었다. 그 과정에서 다양한 분야의 블로그 이웃들이 생겼다. 함께 블로그 글을 쓰는 프로젝트에 가입했고, 새벽 기상하는 모임에도 들어갔다. 매일 책 읽는 독서 모임을 운영했고, 필사 모임도 열어 함께 필사했다. 블로그를 하며 한 계단 한 계단 성장해가고 있었다. 그 과정에서 나와 결이 맞는 이들을 만났다. 그들이 바로, 원앤원이다.

나는 어떤 사람일까?

나의 가치는 무엇일까?

나는 가치 있는 사람일까?

이런 질문들에 대한 답을 스스로 내리는 것은 어려웠다.

너는 훌륭한 사람이야.

나보다 나이 어린 당신을 존경해요.

앞으로가 기대되는 사람입니다.

배울 게 많은 사람이에요.

당신은 가치 있는 사람입니다.

원앤원은 스스로 답하기 어려운 질문에 이렇게 답해주었다. 나의 가치를 잃어버린 그때, 그 가치를 살려준 사람들이다. 심지어 숨어있는 나의 능력과 없는 매력까지 찾아주는 능력자들이다.

나는 속마음을 잘 말하지 않는 편이다. 속으로 삭이고 겉으로는 안 힘든 척, 안 아픈 척 가면을 쓰며 지낸다. 가면을 쓰고 지내는 게 힘들거나 불편하진 않다. 안 힘든 척하다 보면 힘들지 않게 느껴졌고 행복한 척하다 보면 행복해졌다. 김호연 작가의 소설 『불편한 편의점 2』의 주인공 알바생의 말처럼, 뭘 먹어서 웃는 게 아니라 웃어서 뭘 먹은 것처럼 보인다는 말에 공감했던 이유도 여기에 있다.

그런 내가 원앤원 앞에서는 '척'하던 가면을 벗어던지고 무장 해제가 된다. 글을 읽으면 그 사람이 느껴진다고 했던가? 우리는 블로그를 함께 쓰며 서로를 느꼈고 이제는 서로의 마음을 읽어주고 보듬어주고 있다.

마음을 터놓고 이야기할 수 있는 곳,
가면을 벗어 던질 수 있는 곳, 그곳이 원앤원이다.

3.

내 실패의 주역, 남편

대학교 때 윗집 언니가 호주로 어학연수를 다녀왔다. 언니는 1년 만에 유창한 영어 실력을 갖추고 돌아왔고 아이들을 가르칠 수 있는 국제영어교사양성과정협회에서 발급해주는 테솔(TESOL)이라는 자격증도 땄다고 했다. 영어 선생님이 된 윗집 언니가 멋있어 보였다. 당시 나는 공부 안 하는 학생으로 영어는 알파벳 정도만 알고 있었다.

이웃사촌이라 불리던 우리는 가족처럼 친하게 지냈다. 언니가 호주에서 돌아왔다고 해서 엄마랑 언니네 집으로 놀러 갔을 때였다. "고은이 더 늦기 전에 보내요. 진짜 좋아요. 보는 시야도 넓어지고 학교 다닐 때 다녀와야지 더 크면 힘들어요."라며 '셰어하우스'라고 한 집에 여러 명이 사는데 남자, 여자 방이 따로 있어서 상관없다고 말을 이었다. 남녀가 한집에 산다고? 그게 말이 돼? 이게 우리의 반응이었지만 대수롭지 않게 말하는 언니 앞에서 오히려 우리가 이상해 보였다.

나는 부모님의 품을 벗어나 생활한 적이 없다. 금이야 옥이야 품에 안고 키운 자식을 어찌 호주라는 머나먼 땅에 혼자 보낼 수 있으랴 싶었지만, 엄마랑 나는 강남의 한 어학연수 센터에 앉아 상담을 받고 있었다. 쇠뿔도 단김에 빼랬다고 학생비자는 몇 달이 걸릴 수도 있지만, 워킹홀리데이는 2주면 나온다고 했다. 상담을 받고 이틀 뒤에 건강검진을 받았고 한 달도 안되어 인천공항에 온 가족이 모여 있었다.

우리는 모두 긴장하고 있었다. 처음으로 부모 곁을 떠나는 막내딸이다. 오빠 역시 여동생이 혼자 떠난다니 걱정이 많았다. 슬픈 일이 아닌데 눈물이 가득한 출국 현장이었다. 나 역시 부모님 곁을 떠난다는 두려움과 통제에서 벗어난다는 설렘이 공존했다. 그렇게 나는 호주 땅을 밟았다.

처음에는 낯선 환경에 적응하기가 힘들었다. 향수병이라도 걸린 걸까? 엄마한테 전화해서 한국에 가고 싶다고 징징거린 적도 있다. 엄마는 처음이라 그렇다고 나를 다독여주었다. 수화기 너머 엄마는 얼마나 더 울었을까? 지금 생각하면 참 바보 같은 짓이었다. 철없던 그때의 투정이 엄마의 마음을 얼마나 더 아프게 했을지 생각하면 후회스럽다.

학원에 다니면서 친구도 사귀며 호주 생활에 재미가 붙었다. 환율이 하늘 높은 줄 모르고 치솟던 시절. 부모님이 주는 용돈으로 현실 감각도 잊은 채 부족함 없이 살았다. 물론 공부도 열심히 했다. 2달 만에 레벨업하며 유학생이라는 신분에 충실했다.

그러던 어느 날, 학원 친구들과 펍(PUB)에 놀러 간 적이 있다. 흥겨운 음악이 흘러나오고 있었다. 그때 어떤 남자가 말을 걸어왔다.

"Where are you from?"

구수하게 생긴 그의 얼굴을 보며 나는 "한국 사람이시죠?"라고 되물었다. 어딘가 믿음직스러웠던 그 남자는 지금 나의 남편이다.

남편을 만나고 공부하는 시간이 줄었다. 부모님이 힘들게 벌어서 보내주는 돈으로 공부는 안 하고 놀고 있는 나 자신이 한심하고 싫어질 때쯤 한국에서 연락이 왔다. 오빠가 미국으로 공부하러 떠난다고 하니 그전에, 한국에 들어오는 게 어떻겠냐는 전화였다. 나는 바로 가겠다고 했다. 호주에 간 지 4개월 만에 다시 한국으로 돌아왔다. 영어 실력은 늘지 않은 채 나의 호주 생활은 끝이 났다. 영어 공부를 위한 유학은 대실패였다. 어디 가서 어학연수를 다녀왔다고 말하기도 부끄럽다. 어학연수를 다녀온 거치고 영어 실력이 너무 형편없어서 숨기고 싶은 과거이기도 하다. 그럼에도 그곳에서 언제나 나를 응원해주고 사랑해주는 남편을 만났다. 그런 면에서 보면 나의 유학은 성공이지 않을까?

내 인생의 터닝포인트를 꼽자면 바로 남편과의 결혼이다. 남편이 아니었다면 나는 꿈을 이룬 엄마도, 글을 쓰는 작가의 삶도 이루지 못했을 것이다. 아내의 꿈을 존중해주고 지지해주는 남편을 만나 글을 쓸 수 있었고 작가의 꿈을 이룰 수도 있었다. 그와의 삶이 내 인생을 행복하게 하는 터닝포인트다.

"고마워. 그때 말 걸어줘서."

"고마워. 내 옆에 있어 줘서."

"고마워. 내 남편으로 살아줘서."

4.
화장하는 여자

실눈을 뜨고 거울을 보며 입술을 모으고 있다. 한 손에는 마스카라를 들고 속눈썹을 치켜올리고 있는 나는 10년 전, 20대의 모습이다. 세안하고 스킨 로션을 바르고 에센스도 바른다. 여기서 끝이 아니다. 이어서 아이크림과 영양크림까지 발라야 비로소 기초화장이 마무리된다. 이제 색조 화장을 시작한다. 비비크림을 바르고 마스카라로 속눈썹을 한껏 치켜올린다. 유행하는 색의 립스틱도 바른다. 마지막으로 윗입술과 아랫입술을 서로 부딪쳐야 화장이 마무리된다.

두 아이의 엄마가 된 지금은 크림 하나 바르면 끝이다. 그 크림마저도 아이들과 같이 사용하는 바디&페이스 크림이다. 얼굴에도 바르고 몸에도 바른다. 두 번 바를 필요도 없이 일정량을 손에 덜어 쓱쓱 바르면 이보다 더 간단할 수가 없다.

'여자라면 이뻐 보이고 싶은 건 당연한데, 언제부터 화장을 안 하게 되었을까?'

첫 출산으로 거슬러 올라간다. 산후조리원에 가면 화장을 못 하고 지낸다고 해서 조리원에 있는 동안 화장한 듯한 느낌을 줄 수 있다는 속눈썹 연장술을 받았다. 아이를 낳으러 가면서도 외모에 신경을 썼던 나였다.

한때 유행했던 드라마가 있다. 아이를 키우면서 드라마를 거의 보지 않았는데 어디를 가나 그 이야기로 가득해서 대화에 낄 수가 없었다. 그 드라마는 바로, 〈스카이캐슬〉이다. 대충 요약하면 이렇다. 의사들이 모여 사는 부자 마을이 있다. 그 마을 엄마들은 흔히 말하는 헬리콥터 맘으로 아이 주변을 맴돌며 아이의 모든 것에 관여한다. 아이의 성적이 엄마들의 서열이 되는 그런 동네이다. 본 사람은 알겠지만 여기 나오는 엄마들은 보통의 평범한 엄마들과는 다르다. 그들은 집에서도 격식을 갖춰 옷을 입고 집에서 신는 실내화는 외출 구두 수준이며 각종 보석으로 온몸을 장식하고 있다.

드라마를 재미있게 보고 있다가 화면에 비친 내가 보였다. '나는 왜 이러지?' 아이를 안아 줘야 하는데, 귀걸이를 하면 아이가 잡아당겨서 착용하지 않은 지가 몇 년째다. 화장하면 아이 얼굴이나 손에 화장품이 묻을까 봐 출산 후 자신 없지만, 맨얼굴로 다녔다. 아니 그래야 했다. '부럽다. 나도 저렇게 꾸미며 살고 싶다.' 진짜로 저렇게 살고 싶었다. 집안일을 해주는 이모님도 없고, 계단을 오르고 내릴 수 있는 개인 주택도 아니고, 흔히 말하는 '사' 자 집안도 아니지만 나 자신을 꾸미고 사는 엄마가 되고 싶었다.

내가 당장 할 수 있는 건 고무줄 바지를 벗어 던지고 깔끔한 옷을 입고 화장을 하고 액세서리를 착용하는 것이었다. 안방으로 가서 입을 만한 옷을 찾아보았다. 입을 만한 옷의 기준을 알 수 없지만 내가 생각하는 입을 만한 그런 옷은 없었다. 자리에 앉아 인터넷에 접속했다. 오랜만에 내 옷을 쇼핑하기 시작했다. 사고 싶은 옷이 있었지만, 처진 뱃살을 생각하면 장바

구니에 담을 수가 없었다. 나는 집안일과 육아를 해야 하므로 옷은 이쁘면서도 편해야 했다. 그날 나는 원피스를 몇 벌 구입했다.

한동안 나의 '캐슬맘(스카이캐슬에 나오는 엄마들을 일컫는 말로 필자가 지어낸 이름이다)' 따라 하기는 계속되었다. 남편은 달라진 나를 보며 요즘 왜 이러고 다니냐고 물었다. 남편과 연애할 때는 항상 화장을 했고 이뻐 보이기 위해 옷도 신발도 신경을 썼었다. 그에 비하면 그다지 꾸민 것도 없는 거 같은데 말이다. 남편의 그런 말들은 그동안 내가 얼마나 외모를 가꾸지 않고 살았는지 느끼게 해줄 뿐이다.

앞으로는 집에서도 잘 갖춰 입고 화장도 하고 이쁜 엄마로 살아야겠다고 다짐했지만, 코로나19로 마스크를 쓰면서 다시 맨얼굴의 삶으로 돌아갔다. 전원생활을 하면서 원피스를 넣어놓고 대신 몸뻬 바지를 꺼냈다.

외모를 꾸민다고 내면이 아름다워지는 것은 아니다. 그러나 나를 사랑하고 가꾸기 위해서 외적인 요소를 배제할 수는 없다. 외모는 처음 만난 타인에게 나를 보여주는 가장 최전

선이다. 이미지 컨설팅이 괜히 나온 말이 아니다. 또 외모를 가꾸고 꾸미면 자존감이 올라가는 건 당연하다.

이 글을 쓰면서 그때 입었던 원피스를 찾아 입어보았다. 그 사이 살이 쪘는지 작아져서 맞지를 않는다. 가꾸는 엄마가 되겠다고 다짐했던 그때의 나는 어디 가고 살은 더 찌고 고무줄 바지를 입고 있는 나를 마주하고 있다.

다이어트를 시작해야겠다.
그리고 오늘은 인터넷 쇼핑을 해야겠다.

5.

당신은 취미가 있는가?

취미의 사전적 의미는 '전문적으로 하는 것이 아니라 즐기기 위하여 하는 일'이다. 즐기기 위해 하는 일이 있는지, 즉 취미가 있는지 자신에게 질문해보자.

대한민국은 치열한 경쟁 사회이다. 모두가 그런 것은 아니지만 대부분이 목표를 가지고 그것을 이루기 위해 열심히 살고 있다. 누군가를 이기고 싶은 마음이 든 적이 한 번쯤은 있을 것이다. 그나마 요즘은 치열하게 경쟁하며 사는 것이 꼭 잘 사는 것이 아니라는 입장에 힘이 실리고 있다. 이제는 치열한 삶이 아닌, 나다운 삶을 살아가기 위해 애쓰는 사람들이 늘고 있다.

어떡하면 나다운 삶을 살까? 나다운 삶이 무엇인지 찾고 싶어 상담받고 강의도 듣고 책을 읽어도 그 문제에 대한 정확한 해결책을 주는 곳은 없다. "나를 찾으세요.", "나다운 삶을 사세요.", "정답은 내 안에 있습니다."와 같은 의례적인 말을 할 뿐이다.

아이를 낳고 육아에 전념하고 있던 시절 육아와 살림이 내 일이라고 생각하며 살았다. 아이를 보는 일만으로도 힘겹고 체력의 한계에 부딪히던 때다. 일하지 않으니 당연히 수입은 없었다. 수입이 없으니 자존감도 떨어졌다. 집에서 살림하며 애나 보던 나는 살림도 육아도 잘하고 싶었다. 없는 수입을 메꾸기라도 하듯 육아에는 최선을 다했고, 살림에는 치열했다. 그래야 한다고 생각했다. 저녁이면 녹초가 되어 쓰러졌고 온종일 정신없이 집안일을 했지만 자기 전에 보는 집안 풍경은 처참했다. 나를 찾기는커녕 하루하루 살아가는 데 급급했다. 당시 나에게 나다운 삶을 사는 건 사치였다.

유일하게 육아와 살림에서 벗어난 시간이 있었으니 바로, 독서였다. 시간이 생기면 책을 펼쳤다. 독서하는 시간만큼은 엄마도 주부도 아닌 나 자신이 되었다.

전문적으로 독서를 하지 않았다. 내 시간을 즐기기 위해 선택한 게 독서였을 뿐이다. 누군가에게는 그림일 수도 있고 또 다른 누군가에게는 운동일 수도 있는 그 '취미'가 나에겐 '독서'였을 뿐이다.

현재 필자는, 글 쓰는 작가로 살아가며 『나의 직업은 육아입니다』 외 다수의 책을 출간했고 책을 출간하는 작가들의 글을 교열해주고 있다. 문화센터에서는 엄마들의 자존감에 대해 강의하고, 성인을 대상으로 글쓰기 수업을 하고 있으며, 지금은 사회복지사로 노인복지센터에서 일하고 있다.

지금처럼 다양한 일을 하며 살 수 있는 원동력이 무엇이냐고 물으면 당연히 독서다. 독서가 없었다면 이 중 그 무엇도 시작할 수 없었을 것이다. 프랑스의 시인이자 소설가인 아나톨 프랑스는 "내가 인생을 알게 된 것은 사람과 접촉했기 때문이 아니라 책과 접촉했기 때문이다."라고 말했다. 나는 책과 접촉해서 인생을 살아가고 있다. 책을 읽지 않았다면 글을 쓸 생각도 하지 못했을 것이고 작가가 되겠다던 꿈을 이룰 수도 없었을 것이다. 책은 나에게 꿈에 도전하라고 말해주었고 할 수 있다고 응원해주었다. 결정적으로 꿈을 꺼낼 수 있는 용기를 주었다. 그 덕분에 꿈을 이룬 작가가 되었고 계속해서 꿈꾸는 삶을 살고 있다.

취미는 돈이 되지 않는다. 수입을 가져다주는 것도 아닌 일을 내가 하고 있다면 그게 바로 내가 좋아하는 일일 수 있다. 어떤 취미든 당장 당신에게 새로운 인생을 가져다주지 않는다. 새로운 인생을 주지 않는다고 아무것도 하지 않고 육아와 살림만 했다면 어땠을까? 새 삶을 바라고 독서를 시작한 게 아니다. 그냥 내 시간이 필요했고 집에서 시간이 될 때 책을 펼쳤을 뿐이다. 그 시간이 쌓여 지금의 나를 만들었다.

현대 사회에서 만병의 근원으로 뽑고 있는 것이 바로, 스트레스다.
취미생활을 하지 않는 사람은 취미생활을 하는 사람보다 스트레스를 더 받는다고 한다.

당신은 취미를 가지고 있는가?

당신은 즐기며 하는 일이 있는가?

독서든 운동이든 음악이든 미술이든 하다 보면 '이거다!' 하며 즐길 수 있는 취미가 하나는 있을 것이다. 반대로 현재 취미를 가지고 있다면 꾸준히 즐겨라. 즐기다 보면 한 걸음 더 성장한 나를 만날 수 있을 것이다.

브런치 작가

지방공무원 18년 차

블로그 https://blog.naver.com/aimim0
브런치 https://brunch.co.kr/aimim

승진을 위해 기를 쓰고 일하다가, 두 번의 육아휴직 후에는 남들보다 느리게 승진하며 눈에 띄지 않게 일하고 있다. 착하고 조용하고 평범하다는 평을 듣지만, 사실은 못됐고 시끄러우며 평범하지 않은 생각이 가득한 사람이다. 그 숨어있던 반전의 기운이 독서와 글쓰기를 만나 풍요롭고 다이내믹한 중년을 꿈꾸고 있다.

7장

이혜민

(밍)

1.

나에게 딱 맞는
온라인 모임을 찾는다면

책을 읽을 때는 비판하며 읽는 태도가 중요하다. 하지만 맹목적으로 읽는다. 책에서 말하면 다 맞는 말 같다. 읽는 책마다 글쓰기를 해야 한다고 부추겼다. 게다가 그 글을 공개해야 한단다. 블로그를 시작해야겠다고 생각했다. 최대한 조미료를 치고, 감정을 절제하고 가지치기를 한다 해도 진솔한 내 이야기가 조금이라도 들어가야 글이 완성된다. 누가 시킨 것도 아닌데 스스로 솔직해져야 하는 글쓰기를 시작하기가 쉽지 않았다. 모임에 소속되어 강제라도 쓰고 싶었다. 블로그는 1일 1 포스팅을 해야 한다고 들었는데, 그렇게 하면 블로그 방문자가 늘까? 하는 기대감도 있었다.

블로그 글쓰기 모임은 많다. 월말만 되면 다음 달 모임 공지가 여기저기서 올라온다. 글쓰기 모임 공지글은 꼭 들어가서 읽어 보았다. 그들이 읽든 안 읽든 타인에게 내 글을 공유하는 게 부끄러워서 선뜻 모임에 들어가지 못했다. 알레나 님이 처음에 블로그 1일 1포 모임이라며, 원앤원 프로젝트를 시작한 첫날은 1년 반의 육아휴직을 마무리하고 다시 일을 시작하는 첫날이었다. 물리적으로 매일 글쓰기가 불가능했던 그 시기에 무리해서라도 신청한 건 그의 첫 프로젝트를 응원하기 위해서가 아니었다. 나의 기회를 놓치고 싶지 않아서였다.

안 하던 일을 시작할 때는 용기가 필요하다. 누군가와 함께해야 용기가 고개를 든다. 다른 일도 늘 그런 식이다. 새로운 음식을 먹을 때도, 새로운 여행지에 갈 때도 친구와 함께한다. 아이 학원 보낼 때는 아는 집 아이가 다니는 곳을 보내기도 한다. 별 노력 없이 남에게 업혀 간 선택을 후회하지 않는다. 나의 행운과 감이 탁월하기도 하고, 주변에 그다지 나쁜 사람이 꼬이지 않는 편이라 그렇다. 인맥이 좁지만, 고운 사람만 있는 오프라인의 삶이 온라인에도 그대로 이어졌다. 글을 제일 못 쓰고 매일 인증을 못 해도 내가 리더와 아는 사이인데 뭐 어때냐는 마음으로 시작했다. 이젠 리더뿐 아니라 원앤원에 있는 모든 분이 다 내 편이다. 무슨 짓을 해도 다 용서받을 것 같다.

블로그에 글을 올리는 것 자체에 대한 부담은 없다. 방문자가 별로 없고, 그들이 내 긴 글을 끝까지 읽지 않는다는 것을 안다. 원앤원에 공유하면 얻어 갈 것 없는 내 글을 정독하는 분들이 많아서 올리기 부끄러울 때가 있다. 잘 쓴 글과 특별해 보이는 일상을 공유하는 그들에 비해, 내 글과 일상은 오늘이 어제 같고 어제가 그제 같은데도 계속 쓰고 공유한다. 형편 없는 생활과 말도 안 되는 사유가 담긴 내 글을 보아도 못 썼다거나 이상하다고 생각할 분이 없다. 그들은 내 글뿐만 아니라, 누구의 글을 봐도 깎아내리지 않을 사람들이다. 그리고 그 마음이 진심임을 안다. 그렇기에 나보다 능력과 수입이 뛰어난 그들에게 내 직업을 공개하는 것도, 일상을 솔직하게 드러내는 것도 가능하다. 스스로 위축되는 것들을 인정하고 되레 내세우는 공간이다.

가끔은 이곳에서 그들이 보는 내 부캐가 어색할 때가 있다. 귀엽고 밝고 웃기다는 얘기는 본캐에서는 참 오래전에 들던 이야기다. 실제로 나란 사람은 귀여움과는 거리가 멀고 오히려 우아하고 지적인 이미지다(믿거나 말거나). 원앤원 조직 내에서 나의 지성과 교양은 제일 바닥을 치고 있으니 지적인 이미지는 글렀다. 그래서 차라리 귀여움으로 밀고 가 볼까 하는 생각이 들다가도, 그 생각마저 멈추게 하는 공간이다. 그냥 되는대로 내 멋대로 지내도 되는 세계이기 때문이다.

원앤원에서 함께하는 동안, 한 분 한 분 성장하는 모습을 직접 목격했다. 그들이 얼마나 애쓰는지 알기에, 당연한 성장이라 생각한다. 가끔은 난 저렇게 열심히 못 하겠다는 생각이 든다. 그냥 성장 안 하고 현실에 안주하며, 현재에 감사하는 사람이라는 말로 포장하고 싶기도 하다. 그럼에도 거북이 같은 속도로 멈추지 않고 계속 읽고 쓸 수 있는 힘은 스스로의 의지가 아닌 원앤원의 도움에서 나온다. 그렇게 원 밖으로 밀려나지 않고 드문드문 나와의 약속을 지키는 사람으로 지내게 해 주는 원앤원이다.

이제 와 돌이켜 생각해보면, 원앤원이 처음 생긴 날이 나의 회사 복직 첫날인 건 운명이다. 블로그 포스팅 하나 할 때 하루 온종일 걸리던, 심지어 매일 야근하던 그 시절에 '원앤원 프로젝트'가 아니었다면 독서와 글쓰기를 영영 포기하고 말았을 것이다. 틈날 때마다 아이에게 말 걸지 말라고 짜증을 내며 완성했던 그때의 포스팅들을 읽어 보면 이게 뭐라고 살림도 육아도 안 하고 책 읽고 글을 썼나 싶을 정도의 수준이다. 그때 그런 시간들과 원앤원 멤버들이 있었기에 나는 지금도 책 읽기와 글쓰기를 놓지 않겠다는 스스로와의 약속을 지키며 살고 있다. 오로지 출퇴근 외에는 아무것도 하고 싶지 않은 날이 더 많지만, 원앤원의 도움으로 나 자신을 잃지 않고 살고 있다.

내 인생 여기서 망했다 싶다면, 책 읽고 글을 쓰면 인생이 바뀐다는 말을 믿고 싶을 정도로 힘들어 죽겠다면 온라인 공동체를 찾아보라고 말하고 싶다. 절실한 순간 딱 필요한 모임의 비상 출입구 등이 당신 앞에서 은은히 빛나고 있을 것이다.

2.

대출받아서
육아휴직 다녀왔어요

2020년 3월에 시작한 1년 6개월간의 육아휴직 기간을 평생 추억할 것이다. 아이 초등 입학 시기에 맞춰 3월 1일 자로 오래전에 제출해 놓은 휴직 신청서였다. 계획과 달리 3월 1일 공휴일이자 휴직일에도 종일 근무했다. 2월 말 우리 지역에 코로나 첫 확진자가 발생했고, 6급 이상은 지하에 있는 사무실에 감금(?)된 채로 코로나 관련 근무에 투입되었기 때문이다. 특정 종교에 따른 코로나 확산을 막기 위한 업무였다.

코로나와 함께 시작한 육아휴직인 만큼, 계획대로 되

는 것은 없었다. 아이 등교는 미뤄졌고, 국내외 여행도 불가능했다. 아이와 함께 보낼 수 있는 마지막 휴직이었기 때문에 무리해서 진행한 육아휴직이었다. 휴직 직전 대출받은 돈만 축내며 육아휴직이 지나가고 있었다. 더 속상한 건 남들처럼 코로나 때문에 내 계획이 모두 무산되었다고 징징댈 수 없는 현실이었다.

그동안 가족들을 못 돌보고 직장에만 신경 쓴 인생에 대한 벌을 받듯 휴직 기간의 절반은 병원에서 보냈다. 아이 틱을 치료하러 다닌 몇 개월, 지병이 갑자기 심해지신 아버지가 입원하신 몇 개월, 수시로 긴급 전화를 받고 병원을 모시고 가야 했던 친정엄마와 시어머니. 코로나 때문에 더 아팠던 건지, 오랜 기간 참고 살다가 내가 육아휴직 중이라니까 그들이 나에게 의지한 건지 모르겠다. 모두가 코로나 때문에 계획대로 못 산다고 이야기할 때 난 코로나 때문이 아니라, 가족 때문에 어차피 아무것도 못 했겠다는 생각이 들어 울적했다. 대부분의 여론과 달리 코로나 핑계를 댈 수 없다는 사실이 외로웠다.

그렇게 나의 마지막 하루까지 탈탈 털어 신청한 무급 육아휴직 기간과 현금이 사라져감에 따른 불안감이 고조되었다. 휴직이 끝나면 퇴직 때까지 일해야 하는데, 억지로 일해서 번 돈은 당분간 대출금을 갚는 데 써야 한다. 쉬는 동안 후회 없는 시간을 보내야 그것을 할 수 있을 것이었다.

코로나로 아이와 24시간 함께할 수 있었다. 아이 챙기고 학원 픽업하고 사람이 없는 곳으로 여행하는 등 나름 빽빽한 일정을 보냈다. 시간이 아까워서 새벽 4시에 기상해서 책을 보거나 청소다. 아이를 재운 후에는 온라인으로 자녀교육 강의를 들었다. 십 년 가까이 방치한 뇌는 책을 읽는 데 한참 걸렸고, 구석구석 엉망이 된 집이 회복되는 데도 긴 나날이 소요되었다. 낮잠 자는 시간도 아까워서 졸리면 식탁에 엎드려 졸았다. 그런데도 출근할 때와는 비교도 안 되는 신체적 정신적 여유가 수시로 찾아왔다. 그 조금의 틈 덕분에 외로워하고 울 수 있었다. 난 최근 10년 동안 그럴 틈도 없이 살아왔다는 사실을 알게 되었다.

하루하루 직장에서 시끄러운 불을 끄고, 밤과 주말에 밀린 일을 해서 결재를 올리는 걸로 성취감을 느끼며 살았다. 한창 아플 나이의 어린 아이를 잠깐이라도 보기 위해 점심시간을 이용해 어린이집 창밖에서 기웃대며 보냈지만 배고픈지 몰랐다. 부모님과 시부모님이 아프실 때 함께 있어 드릴 시간이 없어 편의점 김밥으로 저녁을 때우고 들러서 뵙고 오면 안도하는 하루가 지나곤 했다. 남편과 아이의 기분이 좋으면 일이 아무리 많아도, 상사가 날 미워해도 모든 게 괜찮았다.

몸과 마음에 여유가 생기니 그 모든 것들이 더 이상 괜찮지 않았다. 남편과 아들의 기분이 좋아도 내 기분이 나빴다. 부모님이 퇴원하셨지만 내 몸이 아팠다. 더 이상 그들의 행복에 내 행복이 따라가지 않았다. 지루한 집콕의 육아휴직이 아니었다면, 여전히 난 행복한 사람이라며 최고 긍정의 아이콘으로 살 뻔했다. 불행하다고 느끼자 어디서부터 잘못되었는지 돌이켜보게 되었다. 대학 입학, 결혼, 취업 그 모든 것이 잘못이었다. 그 어떤 것도 내가 선택한 것이 없다는 것을 알았다. 내 인생을 스스로 선택하지 않은 자신을 원망하고 지내기를 한참을 한 후 다시 일어났다. 미래에 대한 모든 것을 스스로 선택하기로 했다.

원하는 대학에 가지 못했다는 핑계로 공부하지 않았다. 원하는 직업을 선택하지 못했다는 이유로 사명 없이 출퇴근했다. 빨리 독립하고 싶어서 결혼을 선택했다는 생각에 괴로웠다. 지금부터라도 공부하며 살기로 했다. 죽기 전에 내가 하고 싶은 일을 다시 찾기로 했다. 결혼에 대한 선택은 내가 책임져야 하므로 지금의 가족을 있는 그대로 사랑하기로 노력한다. 결론은 바뀐 게 없어 보일지라도, 내가 선택을 한 것으로 바뀌었다. 선택의 결과에 대해서도 스스로 책임져야 한다. 이제부터는 그 책임의 시작이다.

지금은 그대로 그 직장에 복직했고, 퇴직 전에 원하는 일을 찾아 이직이 가능하거나 할는지 모르겠다. 아직 행복을 찾지 못했고 여전히 불안하다. 하지만 내가 행복하지 않다는 사실을 깨우친 것만으로도, 힘겨운 하루하루가 견딜 만하다. 앞으로 행복이든 불행이든 무엇이 닥치든 스스로 선택한 미래를 맞이하기 위한 시행착오일 뿐이다.

3.

쓰면서
나와 화해한다

떠오르는 해보다 지는 해가 더 활활 타오르고 뜨겁다. 떠오르는 해의 빛은 매일 새벽, 회색 미세먼지 하늘을 뚫고 나오지 못한다. 지는 해의 빛은 가끔은 하늘을 불그스름하게 물들인다. 오래전부터 일출보다는 일몰을 편애했다. 여행을 떠올려 보아도 그렇다. 시간이 아까워 새벽 일찍부터 일정을 소화하는 스타일이었지만 여행 계획 중 일몰 보기는 있어도, 일출 보기는 없었다.

그리스 산토리니에서의 일몰이 기억난다. 일몰을 잘

볼 수 있는 자리를 차지하기 위해 이른 낮부터 이동했다. 땀을 흘리며 당나귀 말똥이 가득한 미끄러운 계단을 올랐다. 산토리니에서는 오직 한국인만 탑 원피스를 입고 다녔는데, 그렇게 입어도 더운 날씨였다. 일찌감치 그늘도 없는 돌담에 자리 잡고 앉아 전 세계의 인파가 몰려드는 것을 구경했다. 여름휴가를 길게 내도 5일, 앞뒤 주말을 붙여 9일. 터키와 그리스의 네 도시를 찍는 빡빡한 스케줄이었다. 그 짧은 일정 중 하루의 대부분을 일몰을 기다리는 데 쓴 것이다. 그렇게 해서 그 누구의 뒤통수도 가리지 않는 곳에서 일몰을 볼 수 있었다.

십 년도 더 지난 일이다. 식상한 표현인 '그림 같은'이라는 말이 진짜였던 해 질 녘 풍경은 인터넷 어디에서나 쉽게 볼 수 있는 바로 그 사진이다. 더 기억에 남고 행복했던 여행지들이 있지만, 일몰 하면 그곳이 떠오르는 이유는 일몰을 바라보던 나의 마음 때문이다. 일몰을 보기 위해 오후 내내 하염없이 앉아있었다. 해가 기울기 시작해서 그 해가 지중해 속으로 퐁당 빠질 때까지 오로지 그 해만 바라보았다. 처음에 사진 몇 장을 찍다가 생각을 고쳐먹었다. 눈에 담자, 마음에 담자는 마음으로 1초도 놓치지 않고 집중해서 보았다.

오랜 시간 여러 가지 이유로 여행을 못 다녔고, 그것에 대해 헛헛함을 느꼈다. 해외여행을 못 가니, 국내 여행을 자주 가야겠다는 생각으로 카시트에서 우는 아이와, 정신없다고 짜증 내는 남편과 함께 매주 여행을 다녔다. 연차 중 단 하루도 집에 있지 않았지만, 돌이켜 보면 즐거워하는 아이를 보며 대리만족했을 뿐 내 헛헛함을 채우지는 못했다.

야근하고 주말까지 출근하며 일을 하고, 돈을 벌어도 벌어도 매일매일 가난해지는 마음이었다. 여행을 가지 못한다는 이유로 제대로 마음의 휴식을 누리지 못하는 삶, 나답지 못한 삶을 살고 있다고 생각했다. 여행이라는 단어만 들어도 아파서 여행 관련 프로그램과 도서는 피하며 살았다.

책을 읽고 글쓰기를 하며 다시 나의 여행을 회상해도 아프지 않을 수 있었다. 글쓰기 커뮤니티에서 일몰 사진을 글감으로 받았을 때 여행지의 일몰이 떠올랐다. 잊고 있던 오래 전 여행과 함께한 소회를 털어놓을 수 있었다. 어딜 가든 웅장하고 유명한 곳에서 영감과 감동을 얻을 능력은 없다. 소소한 장소에서 두 팔에 소름이 돋고 눈물을 글썽이던 기억은 종종 있다. 죽기 전에 꼭 봐야 한다던 캐나다 밴프보다, 자정까지 꾸벅꾸벅 졸면서 기다리던 동네 불꽃놀이가 먼저 떠오른다. 작은 동산 위에서 외국인들이 합창하던 제목도 모르는 팝송 멜로디는 내 마음대로 편곡된 채 머릿속을 헤맨다. 스타워즈의 촬영지 카파도키아에서의 열기구 체험보다 일행들과 대판 싸운 후 찾은 야외 허름한 카페에서 애플티를 마시던 분위기가 가슴에 콕 박혀 있다.

내가 무엇을 좋아하는지, 내 마음의 작은 불씨가 어떤 때에 불덩이가 될 수 있는지 알 수 있는 순간들이다. 그 순간들의 기억이 있기에 내 안의 불씨가 꺼져가는 지금도 나는 괜찮다. 그 불씨를 살릴 수 있는 순간들을 현재 내가 있는 자리에서 찾을 수 있다는 것을 이제는 알기 때문이다. 어릴 때 하고 싶은 것 다 하고, 가고 싶은 곳 다 가면서도 배우지 못했던 것들을 마흔이 넘고 이리저리 흔들리며 만신창이가 되고서야 알게 되었다.

장기재직휴가 열흘을 10년 가까이 안 쓰고 아껴두었다. 나중에 팀장이 되어서 눈치 안 보게 되면, 안 바쁜 부서에 가면 열흘 한꺼번에 쓸 거라고, 멀리 갈 것이라고 해마다 휴가를 쓰지 않는 나에게 다들 말했다. 아끼다 똥 된다고. 3일씩 나

뉘서 빨리 쓰라고. 입사 18년 차가 되자 안 바쁘고 눈치 안 주는 상급자와 함께 근무하는 행운이 주어졌다. 하지만 나는 안 바쁜 팀장도 자리를 비우면, 누군가에게 미팅과 행사를 넘기는 민폐를 끼쳐야 한다는 사실을 깨닫는다. 아픈 부모님을 두고 혼자 훌쩍 여행을 떠날 배포도 없는 나는 진정 하고 싶은 것이 먼 여행이 아님을 알아차린다.

최고의 합의점으로 나흘의 휴가를 낸 나는 엄마 밥을 먹고 가까운 곳에서 호캉스를 하고 매일 정오까지 늦잠을 잤다. 아이는 마음껏 학원을 결석했다. 쇼핑하고 피부 관리실에 다녀와서 남은 시간은 내내 빈둥대며 책을 읽고 드라마를 보았다. 복귀하니 다들 어디 멀리 다녀왔냐고 묻지만, 푹 쉬고 왔다고 대답한다. 십 년 가까이 아껴둔 휴가를 남들이 감탄할 만하게 보내지 않았지만, 휴가를 더 이상 아끼지 않고 어디다 써야 할지 나는 이제 안다. 멀리 떠나지 않고도 책과 글쓰기를 통해 내 마음이 풍족해질 수 있다는 것을. 체력은 훨씬 덜 쓰면서 말이다. 아끼던 휴가는 내 마음속 불씨가 되었다. 다음 휴가도 기대된다.

4.
되고 싶은 사람이
되는 방법

육아와 출퇴근에만 몸과 마음을 쏟다 어느 순간 고개를 들어보니 운동하지 않는 사람이 나밖에 없었다. 그들을 좇아 운동을 해 보니 왜 해야 하는지 알 수 있었다. 내내 힘주고 살았던 몸의 부위에서 힘을 뺄 수 있게 해 주고, 한 번도 써보지 못한 근육을 구석구석 쓰게 되는 일이었다. 아무리 병원에 다니고 마사지를 받아도 사라지지 않던 임신, 출산, 육아 기간의 통증이 사라지는 기분이었다.

꾸준히 운동을 등록했다. 스피닝, 줌바댄스, 트램펄린,

그룹 PT, 플라잉요가, 필라테스. 그때그때 유행과 강사님 외모를 보거나, 그냥 직장 동료를 따라 등록했다. 할인 이벤트 때문에 3개월을 등록하기도 하고, 6개월을 등록하기도 했다. 새벽 타임에는 아이가 늘 깨어 있어서 운동하러 못 갔다. 저녁에 최선을 다해 아이를 일찍 재운 날에도 남편이 일찍 귀가해야만 갈 수 있었다. 그나마도 야근하는 날과 회식하는 날을 빼고 나면 몇 번 가지 못했다. 안 그래도 몸치인데 겨우 따라 할 만하면 못 가고, 살 빠질 만하면 못 가니 도리어 스트레스를 받았다. 지구에서 제일 부러운 사람은 매일 운동 가는 사람이었고, 우주에서 제일 부러운 사람은 같은 레슨비 내고 하루에 두 타임(낮과 저녁) 가는 엄마들이었다. 그때부터 몇 년간 나의 꿈은 '휴직하면 매일 운동 가기'라고 여기저기 떠들고 다녔다. 천 번 말하면 이루어질 줄 알았는데 그렇지 않았다. 휴직 내내 코로나로 인해 가정 보육을 하였으며, 개인적인 사정으로 코로나 위험을 감수하며 운동을 등록할 의지는 없었다.

등산하러 다니고 공원을 달렸지만, 아이와 함께 다니며 아이 속도에 맞추다 보니 운동이 되지 않았다. 밤에 아이를 재우고 집 근처를 걸었다. 술집과 맛집과 취객이 가득한 핫플레이스인 우리 동네를 레깅스를 입고 걷자니 쓸쓸했다. 장마가 길어질 땐 아파트 계단을 올랐다. 땀이 나서 뿌듯했지만, 재미가 없었다. 어두운 계단에서 누군가 마주칠 땐 무섭거나, 나의 땀 냄새가 창피했다. 유튜브를 보며 홈트를 하기 시작했다. 이것저것 해 보다가 언젠가부턴 요가만 한다. 요가로 정착한 이유 중 하나는 땀이 많이 나지 않기 때문이다. 씻고 머리 말리는 시간을 절약해 준다. 요가원처럼 전신거울이 없는 데다 몸도 뻣뻣해서 강사님 자세를 100분에 1도 따라 하지 못하지만 할 수 있는 만큼만 해도 되는 것이 요가이다. 수련 중 '절대 무리하지 마세요.' 그 말 하나는 정말 잘 듣고 있다. 보통은 10분, 20분 짧은 영상만 골라서 하고 가끔은 60분 긴 영상을 선택한다.

출산한 지 오래되어 그냥 때가 된 것일 수도 있지만, 체력에 여유가 생겼다. 내가 되고 싶은 사람 중 하나에 한 발짝 다가간 것이다. 한때는 저녁에 운동을 다니기 위해, 남편의 저녁 외출을 금지하고 아이와 함께 있게 했다. 이제는 오랜 시간 나의 야근과 승진을 위해 양육을 맡아 한 남편에게 운동을 등록해 주었다. 나는 새벽에 일어나 집에서도 운동할 수 있는 사람이 되었으니 기꺼이 양보할 수 있다.

새벽 4시 첫 진동 알람이 울린다. 아이가 깰까 봐 얼른

끈다. 다시 잠들었다 깼다를 여러 번 반복하다 6시가 다 되어서야 벌떡 일어난다. 아이가 깨기 전에 요가를 해야 한다는 생각에 살금살금 매트를 편다. 30분이 넘지 않는 요가 영상을 틀고 요가 강사님 흉내를 낸다. 호흡 소리에 아이가 깰까 봐 휴 하고 크게 내뱉으라는 숨은 속으로 삼킨다.

평일은 출근 준비로 일찍 일어나지만, 주말은 오전 10시까지 일어나지 못하는 나는 12시간도 넘게 잘 수 있는 롱 슬리퍼에 아침잠 예찬론자이다. 그럼에도 오래전 취업 준비나 공무원 시험 등 중요한 시기에는 바짝 새벽 기상을 하는 사람이었음을 기억해 냈다. 매월 단 며칠이라도 새벽 기상을 시도하고 있다. 하루 종일 서 있거나, 책상에 앉아있어야 하는 나에게 새벽 요가 시간 20분은 하루 중 나를 혹사시키지 않는 유일한 시간이기에 자발적으로 아침잠을 포기한다.

미라클모닝이라 불리는 새벽 기상을 다시 도전하며 '내일'에 대한 느낌이 바뀌는 경험을 했다. 늘 출근하기 위해 또는 아이가 깨워서 억지로 일어나며 시작하는 '내일'이었다. 지금은 '내일은 꼭 일찍 일어나야지.', '내일은 꼭 30분 더 일찍 일어나서 하고 싶은 걸 해야지.' 이런 식으로 바뀌었다. 미라클하게 기대되고 행복해진 '내일'은 아니지만 눈뜨기 싫던 아침이 눈을 떠야 하는 아침이 되었다.

새벽에 일어나 내가 하고 싶은 것들을 하고 나니, 그날의 욕구 결핍에서 자유로워졌다. 오늘도 늦잠을 잔 바람에 쉬는 날 부모님께 들러 보지 못하고 집에서 글을 쓰고 청소하는 것에 대하여 죄책감을 느꼈다. 내일은 새벽에 일어나 할 일을 미리 하고 낮에는 나의 사회적 소임에도 최선을 다해 볼 것을 결심할 수 있기 때문에 그 죄책감을 짧게 끝낼 수 있다.

십여 년간 가족 탓, 직장 탓을 하며 내가 원하는 것을 하지 못하는 사람으로 살았다. 짬이 나는 대로 그때그때 운동하는 사람들을 흉내 내어 짬짬이 운동을 하는 사람이 되었듯, 내가 되고 싶은 사람들을 찾아 함께하고 그들을 흉내 내고 있다. 일을 다시 시작하니 예상대로 일상이 다시 내 삶을 갉아먹고 있다. 결심하고 약속한 것들을 연일 실패하고 있는 나날이지만, 언제든 마음만 먹으면 새벽에 일어나 운동하는 사람이 되듯, 또 다른 무엇도 될 수 있다고 나 자신을 믿는다.

5.
매일,
아픔이다

　　작년 1월 현재 근무하고 있는 곳에 처음 팀장으로 보직받으면서 맡게 된 업무 중 하나는 경로당 관리였다. 경로당은 만 65세 이상의 어르신들이 이용하는 여가복지시설이다. 오래전에는 노인정이라고 불리기도 했고, 현재는 노인회라는 간판이 붙어있기도 하다. 좀 세련된 아파트에서는 시니어클럽이라는 명칭을 쓴다. 내가 근무하는 동에는 26개의 경로당이 있다. 만 65세 이상이면 회원 자격이 있지만, 현실적으로 경로당 회장님을 비롯한 회원분들은 보통 70대 후반부터 90대까지의 연령대다.

그동안 직장 생활을 하면서 만난 민원인 중 유독 어르신께서 폭언하셨던 기억이 많아서 긴장 좀 했다. 경로당 업무 맡으면 어르신들 대하기 쉽지 않다, 제출 서류도 엉망이다, 무슨 말인지도 이해 못 하신다 등의 경고를 해 준 분들도 여럿이다.

전임 팀장님은 나보다 나이가 훨씬 많은 남자분이었다. 어느 부서나 공통점이 있는데 단체에서도, 팀원들도, 부서장도 남자 팀장을 원한다. (속상하게도 나 역시 때로는 남자 부서장과 남자 팀원을 원하기도 한다.) 팀원들이 여자 팀장으로 바뀐다고 해서 싫어하면 어쩌지 기가 죽어 있었는데, 의외의 반응을 만나 즐거운 시작이었다. 경로당 여자 회장님들과 총무님들은 내가 여자라서 너무 편하고 좋다고 말씀하셨기 때문이다.

"멋쟁이 아가씨가 팀장님으로 왔네?" 하며 반기시고 매일 예쁘다고 하시길래, 정말 내가 예쁘고 동안인 줄 착각할 뻔했다. 그분들은 50대 팀장님에게도 아가씨 팀장님이라고 부른다. 내가 어르신들을 보면 70대인지, 80대인지, 90대인지 구별이 안 되듯이 그분들도 우리를 보면 나이가 가늠이 안 되는 것이다. 우리가 세 살 아기를 보면 그저 사랑스럽고 귀엽듯, 그분들도 자식보다 어린 우리 세대를 예쁘게 봐주시는 거다.

한번은 경로당 공사 때문에 한 여자 회장님을 찾아뵐 일이 있었다. 내 손을 잡으시고는 "힘들지?" 하신다. "노인네들하고 일하는 거 힘들어. 노인네들은 까칠하고, 말귀 못 알아듣고. 왜 이 업무를 맡았어. 다른 데 가지~"

본인 스스로를 그렇게 표현하는 게 속이 상했다. 이 사회에서 노인으로서, 여성으로서 얼마나 많은 비난을 받고 살아오신 걸까. 몇 살이냐고 물으셔서 "마흔 넘었어요." 했더니 "마흔? 청춘이네~" 하신다. 그 말을 듣는 순간 많은 청춘들이 싫어하는 메시지인 "아프니까 청춘이다"라는 말이 떠오르면서 모든 게 명쾌해지는 기분이 들었다.

일 년 반의 육아휴직 후 일을 다시 시작하고는 마음속이 고요한 날이 없었다. 육아휴직 중 제일 좋은 점은 아이와 함께 있을 수 있는 것이었지만, 직원과 직원 가족들, 업무와 관련된 분들의 부고를 덜 듣는 것도 나의 평온한 일상에 한몫했다. 이천 명 가까운 직원들이 있으니, 하루가 멀다 하고 부고 소식을 듣는다. 직원의 부모뿐 아니라 내 또래나 더 어린 사람들도 세상을 떠난다. 하필 국도비 예산을 입력하는 날에 부고 소식을 들었던 적도 있었다. 그 업무는 매년 통보된 국도비 매칭 내역을 당일 안에 전산 입력을 해야 한다. 그것에 대한 예산팀의 승인이 끝나야 퇴근할 수 있다. 집중해도 모자란데, 일이 손에 잡히지 않았다. 예산팀에 양해를 구하고 자정에 가까스로 업무를 마무리할 수 있었다.

경로당 업무를 본 이후에는 경로당 회장님께서 갑자기 돌아가시거나, 중환자실에 들어가실 때마다 마음이 힘들었다. 나한테 서류를 제출하러 오시느라 폐렴에 걸리신 게 아닐까 하는 생각에 괴롭기도 했다. 어르신들은 운전하시는 분들이 드물다. 힘든 몸을 이끌고 걷거나 자전거를 타고 책임감 있게 매달 서류를 제출하러 오신다. 특히 폭염과 혹한에는 어쩔 수 없다는 걸 알면서도 이깟 행정서류와 절차가 밉다.

경로당 보조금은 분기별로 지출되는데, 회원 수에 맞추어 보조금 금액을 산정한다. 회원 수를 현행화하기 위해 신규 회원 가입자와 전출 또는 사망자를 확인한다. 엑셀 파일에서 사망하신 분을 한 줄 한 줄 삭제할 때마다, 신규 직원일 때 사망신고 접수하던 내 기분이 이런 기분이었던가 떠올린다. 그 어린 나이에 주민등록 전산에서 한 사람을 말소처리하면서 이토록 무거운 마음을 어떻게 견디며 살았냐고 20대 중반이었던 그때의 나 자신을 이제야 위로한다.

어르신께서 내 얼굴을 꼼꼼히 훑으며 청춘이라고 반복해서 일러 주었듯 난 아직 청춘이고 아픈 게 많다. 만 9개월 만에 다른 팀으로 자리를 옮기게 되어 이제 경로당 업무는 하지 않는다. 자리를 옮겨도 여전히 나의 주변 사람들은 아프거나 떠난다. 마을 통장님께서 암에 걸리시고, 반장님께서 돌아가신다. 난 이제 더 이상 집에서 아이와 예쁜 그림책만 찾아 읽을 수 있는 사람이 아니라 다시 직장인이다. 앞으로 더욱 많은 사람을 만나고 많은 사람과 헤어질 것이다. 슬픔이 채 가시기도 전에 누군가 계속 떠나가지만 세상과 부딪혀 살아나가야 한다.

그들이 떠날 때마다, 왜 나와 함께한 사람은 다 떠나는 걸까 혹시 내가 마녀는 아닐까 하는 생각이 들기도 했다. 그들에게 잘못한 행동을 떠올리며 후회하지 않도록, 매 순간 모두에게 진심이고 싶다. 또 누군가 사라지면 오랜 기간 악몽에 시달리겠지만, 이런 악몽 속에서도 날 떠나는 사람보다는 안아주는 사람들이 더 많다. 그렇게 도움받아 살고 있듯 나도 힘든 누군가를 도우며 살아야 한다. 청춘은 원래 아프고, 인생은 원래 불행하니까 말이다. 또 이런 이야기를 하다 보면, 정작 내가 챙기지 못하지만 제일 중요한 양쪽 부모님과 남편, 아들이 생각나 마음이 아프다. 아파야지 어쩌겠는가, 40대 청춘이니까.

오늘도 퇴사를 꿈꾸는 이곳에서 소중한 것들을 하나하나 배워가기 시작하는 나는 청춘에서 벗어나는 그날을 기대한다. 아프지 않고, 또 다른 청춘들을 위로하는 어른이 되는 그날을.

브런치 작가

부모 교육 강사

독서심리 감정코칭 지도사 양성

전) 초중등 대안학교 담임교사

국회방송 소공자 '소통 강사'로 출연

『내 행복을 찾아준 루틴 이야기』 그로우 작가

『함께 쓰는 육아 에세이』 서울평생교육진흥원 공저

블로그 https://blog.naver.com/jdpn1019

인스타 https://www.instagram.com/picturebook_tori

브런치 https://brunch.co.kr/@hmk9743

크나큰 아픔을 겪은 후 새 삶을 선물 받았다. 신랑 덕분에 깊이 묻어두 었던 나의 마음을 하나씩 끄집어내는 여행을 즐기는 중이다. 또한 아이 의 속도에 함께하며 이전에는 갖지 못했던 통찰력과 여유를 맛보며 새 길을 닦는 중이다.

종착지는 찾았냐고? 아니. 아직도 출발지에서 이정표를 찾아 헤매느라 정신이 없다. 난 여전히 내 길의 초년생이다. 하지만 조급함은 없다. 나 의 마음을 들여다보는 연습만 놓지 않는다면 분명 어딘가에 닿을 거라 는 확신이 있기에. 그래서, 오늘도 글을 쓴다.

8장

황주미

(힘찬토리)

1.
내 인생의
첫 브레이크

"엄마는 좋아하는 게 뭐야?"

아이가 던지는 질문에 웬만해선 막힘없이 답해주었는데, 좀처럼 입이 열리지 않아 당혹스러웠다.

"엄마가 뭘 좋아하냐면… 꽃!"

"꽃이라고만 하면 어떻게 해? 꽃도 여러 가지잖아. 엄마가 가장 좋아하는 꽃이 뭐냐고?"

내 생일이 되면 아이는 매번 같은 질문을 한다. 점토 공예를 좋아하는 아이가 엄마에게 좋아하는 것을 선물로 만들어 주고자 던지는 질문 세례. 이제까지 뭘 좋아하는지를 깊이 고민해 본 적이 없었기에 온몸에 식은땀이 흘렀다.

아이의 책상 앞엔 자기 주문서가 놓여있다. 자기 주문서란, 이름이나 사는 곳 등 자신을 가장 잘 나타낼 수 있는 정보들을 담은 증명서와도 같다. 아이는 주민센터에서 발급받는 엄마의 민원서류를 매번 궁금해했다. 호기심이 많은 아이는 자신의 주문서 제작에 엄청난 정성을 쏟았다. 국세청 마크까지 직접 그려 넣으며 아이의 고유함을 담았다. 발급 번호도 참으로 남다르다. 차량번호와 자물쇠 비밀번호 그리고 생일까지 자신이 좋아하는 숫자들을 모두 포함해 적어 두었다. 또한 생쥐와 금, 탕수육 등 자신이 좋아하는 것과 콜라, 매운 사탕 등 싫어하는 것도 명확히 담았다.

'과연 내 주문서를 만든다면, 아이처럼 꽉 채울 수 있을까?'

아이처럼 나만의 것들로 가득 채워보고 싶어졌다. 누구의 딸이자 아내 그리고 엄마가 아닌 오롯한 나를 찾고 싶었다. 무엇을 좋아하는지, 어떤 사람을 만났을 때 행복한지 등등.

나는 부모 교육 강사다. 매번 교육 주제가 정해지면 계획안을 만드느라 여념이 없다. 시간이 촉박할 땐 하루 만에도 10페이지가 넘는 강의 계획서를 뚝딱 만들던 내가 주문서 앞에선 왜 이럴까. 한 줄 아니 한 자도 써 내려갈 수 없었다. 온전히 나로만 살아온 적이 단 하루도 없었다.

'난 왜 체력이 약할까? 행동은 왜 또 느리지? 되는 일은 하나도 없고, 열심히 사는데도 왜 잘하는 게 없을까?'

남과의 비교에 사로잡혀 늘 마음만 바빴다. 쉼 앞에선 그 마음이 더했다. 앞만 보고 달리면서 쉼조차도 허투루 보낼 수 없다며 채찍질하곤 했었다. 열심히 달려 마주한 성과에 힘을 얻고 원하는 돈을 벌기도 했지만, 그 뒤를 따르는 건 항상 병원행이었다. 남과의 비교로 채워진 쳇바퀴는 결국 돌이킬 수 없는 지경에 이르러서야 멈출 수 있었다. 바로, 암 선고! 하지만 일을 멈추고서 찾아온 불안감이 나를 더 아프게 했다. 이런 상황에서 벗어나기 위해 선택한 상담, 여기서 중요한 사실과 마주하게 되었다.

"배기관으로 비유해 볼게요. 일반인의 평균 배기관을

2,000cc라 한다면 당신은 1,000cc를 갖고 태어났어요. 하지만 기질상, 다양한 도전을 즐기는 유형이지요. 당신의 에너지는 1,000cc인데 모든 일에 1,000cc를 다 쓸 만큼 모두 잘하려고 한 당신, 그게 당신을 아프게 하고 있어요. 그러니 비교를 버리고 당신의 몸에 맞는 속도로 적절히 배분하며 살아가야 해요."

비로소 알았다. 남의 기준에 맞춰 사느라 내 살점을 스스로 갉아먹고 있다는 사실을. 그로 인해 내 몸이 곪아가고 있었음을.

그렇게 나를 인정하기 시작했다. 작은 것 하나도 소중히 다루고 싶어졌다. 남의 기준이 아닌 내 생각과 행복이 우선되길 바랐다. 하지만 40년 넘게 내달리기만 해와서일까. 남의 기준을 버리기가 쉽지 않았다. 그게 내가 아님을 알면서도 멈출 수가 없었다. 오히려 이렇게 살아올 수밖에 없었던 내 주변의 것들을 탓하기 바빴다.

나를 제대로 알기 위해 이야기를 써 내려가기 시작했다. 써나갈수록 브레이크를 모르던 주인을 만나 고생하고 아팠던 내 몸에게 아주 많이 미안했다.

"느린 자동차가 브레이크 없는 자동차보다 낫다!"

『180도』라는 도서에서 유난히 머물렀던 문구다. 엘리베이터가 느리다는 고객 불만의 해결책은 거울 설치였고 식욕 감퇴는 단백질 섭취가 아닌 사랑받는 기분이었다고 한다. 때로는 가장 좋은 해결책이 의외의 곳에 숨어있다는 사실과 살아가며 가장 좋은 것은 스스로 가지고 있다는 것을 알게 되었다.

"엄마가 좋아하는 꽃은 바로 수선화야! 엄마가 좋아하는 연노랑 빛을 품고 있고 자기 사랑이 가득한 꽃이어서 좋아."

아이의 해맑은 미소가 나에게 말을 건네는 듯했다. 그렇게 나만의 주문서 작성을 위한 첫 브레이크를 걸어 본다. 그리고 내가 좋아하는 것에 당당히 답안을 작성해본다.

"사랑합니다! 자신의 목소리에 귀 기울이기 시작한 당신을!"

2.
뭣이 중한데

"당신이 이 고통을 알아? 겪어 봤냐고? 남은 생, 반병신 으로 살아도 되니 이 고통을 칼로 도려낼 수만 있다면 그렇게라 도 맞바꾸고 싶어."

신랑과 결혼한 지 7년도 넘은 그날, 난 그제야 소리 내어 울었다. 아니 뱉어내고 토해냈다. 신랑 품에 안겨 하염 없이 울었다. 말로만 위로하는 신랑이 원망스러웠다. '그러면 날 도와주든지! 도와주는 것 하나 없으면서 아프지 말래.' 그 러나 토해내고 뱉어낼수록 마음 한구석에 맴도는 신랑의 말이 있었다.

"뭣이 중한데. 가족도, 일도 당신 건강보다 중요한 건 없어. 시댁 챙기는 거? 나 하나도 안 반가워. 다른 사람 챙기느라 당신 건강이 뒷전인데 뭐가 반가워. 당신 자신보다 소중한 건 없어. 그걸 왜 몰라."

다른 집 신랑은 아내가 시댁에 잘하면 업고 다닌다고 할 정도로 좋아한다는데, 왜 유독 우리 신랑만 다른 반응일까? 몸이 망가지는 걸 알면서도 배려를 넘어 오지랖이라는 소리까지 들으며 왜 멈추지 못하는 것일까?

그랬다. 난 어렸을 때부터 타인의 기대치에 맞추고 살았다. 가난의 상처가 깊었던 아버지는 자식에게 가난만큼은 대물림하지 않겠다며 악착같이 일에 매진하셨다. 또한 아들딸 구별 없이 교육 뒷바라지에 열과 성의를 다하셨다. 하지만 공부에 소질 없던 나는 전교 1, 2등을 놓치지 않던 언니와 동생 사이에 끼여 아버지의 기대치를 확 꺾어 놓았다. 자식을 성적으로만 판단하셨던 아버지에게 내 존재를 드러내기란 쉽지 않았다. 공부 아닌 다른 방법으로 어떻게 하면 아버지에게 사랑받을 수 있을까를 고민했다.

"어머, 주미가 이렇게 청소를 깨끗하게 해놨구나. 빨래도 개고 기저귀도 갈아놨네. 어쩜 이렇게 기특한 일을 했대."

불과 초등 3학년이었던 나는 부모님의 사랑과 칭찬 한마디를 듣기 위해 내가 할 수 있는 집안일을 찾아 나서기 시작했다. 관심을 받기 위해 남동생 똥 기저귀도 서슴없이 갈아주었다.

부모님의 품을 떠나 온전히 함께할 신랑과 아이가 생겼음에도, 여전히 무언가에 쫓기듯 바빴다. 사랑하는 신랑과 아이뿐 아니라 다른 사람 일까지 챙기느라 허우적거렸다. '나 아니면 안 돼'를 새기며 여전히 친정 일을 도맡았고, 시부모님께 어떻게 하면 사랑받을 수 있을지를 생각하며 애썼다. 거기다 각종 모임의 대표직을 맡으며 나의 존재를 드러내느라 남은 에너지를 소진하고 있었다.

그날 신랑에게 토해내듯 절규한 나는 무언지 모를 시원함에 온몸이 개운했다. 아리던 이가 확 빠진 기분이었다. 마치 그간의 고통을 알아달라고 내 몸이 전하는 경고였는지 모른다. 최후의 발악을 원 없이 토해냈다. "미안해요. 당신이 이렇게 아픈지 몰랐어요. 알아봐 주지 못해 미안해요." 신랑은 한동안 말없이 나를 꼭 안아주었다.

"소리 내어 울고 싶을 때가 있다. 누군가 내 목소리를 들어줬으면 싶을 때가 있다. 듣고서 '괜찮다'라고 말해줬으면 좋겠다. 내 잘못이 아니라고 토닥여줬으면 좋겠다. 응석 부리고 싶을 때가 있다. 사람이든 운명이든."

나의 모습이 투영된 듯 가슴에 콕 박혔던 드라마 대사처럼 서로가 서로에게 아픔을 들어주며 괜찮다고 위로를 건넬 수 있는 일이 어쩌면 삶을 가장 잘 살아내는 원동력이지 않을까? 자신의 아픔을 삭이는 것만이 정답인 줄 알고 살아온 나, 신랑의 손을 맞잡으며 이전과는 다른 미소를 건넨다.

나는 여전히 타인의 기대를 저버리지 못하고 있다. 하지만, 그것이 의식될 때면 맘속 깊이 새겨둔 신랑의 한마디를 꺼내 보곤 한다.

"뭣이 중한데!"

3.
친절한 주미 씨

"주미 씨는 자신에게 친절하지 못했네요!"

상담 선생님의 한마디가 마음을 흔들어 놓았다. 난 낮잠 30분을 스스로에게 허락하는 게 매우 불편하고 힘들다. 그런데 30년 지기 친구인 정하는 매번 전화할 때마다 이런 말을 건넨다. "전화했었네! 자느라고 못 받았어!" 전화 온 시간은 오전 11시 30분. 친구에게 "피곤하면 자야지. 잘했어!"라고 했지만 이해되지 않았다. 아니, 솔직히 이해할 수 없었다. 나와 전혀 다른 성향의 사람이라 생각했다. 나에겐 절대 일어날 수 없는 일이었으니. 어떻게 밤 11시 30분도 아니고 한낮에 잠을 잘 수 있단 말인가. 또, 밤늦게까지 일한 것도 아니고 드라마 몰아보기를 하다 밤을 지새웠다니 친구가 한심하기까지 했다.

그러던 어느 날, 친구의 일상에 서서히 눈길이 갔다. 친구의 화사한 얼굴빛이 탐났고 친구의 소모품들이 내 안에 들어왔다. 친구가 쓰던 화장품과 족욕기 그리고 손 마사지기와 천연오일까지. 불과 몇 년 전, 사치로만 느꼈던 친구의 소모품들을 나에게 선물하고 있었다.

오래도록 알고 지낸 친구를 향한 나의 변화가 참으로 궁금했다. 그래서 상담 선생님께 친구와 나의 일상을 비교하며 물었다. 선생님의 대답은 허를 찔렀다.

"친구는 자신에게 매우 친절한 분이네요. 자신이 무엇을 원하는지 귀 기울이며 그것에 집중하고 있어요. 하지만 주미 씨는 여백 없이 내달리느라 가장 친절해야 할 자신을 외면하고 있는 것 같아요."

순간 아무 말도 할 수 없었다. 선생님이 건넨 말에 한

마디도 부정할 수 없었다. 침묵 속에서 고요히 눈물만 흘렸다. 친구를 한심하게 여겼던 내가 부끄럽기까지 했다.

나에게 나는 전혀 친절하지 않았다. 또한 어떤 여백도 허락하지 않았다. 오롯이 돈 모으는 일에만 집중했다. 혼자 먹는 음식조차 먹고 싶은 것보단 가격 착한 메뉴에 선택권을 부여했다. 그러곤 쌓여가는 통장 잔액을 보며 뿌듯해했다. 고열로 이동조차 힘든 상황이었음에도 거절할 수 없어 진통제까지 먹어가며 모든 일정을 소화했다. 그리고 항상 내가 향한 건, 병원 응급실!

남들은 왜 그리 힘들게 사냐며 안쓰러워했지만 '열심히 했으니 그거면 돼!'라고 매번 스스로 최면을 걸었다. 내 몸이 병들어 가고 있다는 사실도 모른 채 말이다. 이제야 알 것 같다. 나를 아끼는 지인들의 시선이 왜 하나같이 똑같았는지를. "너 정말 대단해!"라며 나의 통장 잔액을 부러워했지만, 정작 나처럼 살고 싶어 하지는 않았다. 오히려 앞만 보고 달리느라 자신을 살피지 못하는 나를 답답해했다.

상담을 마치고 무작정 전화를 걸었다. 답답해하면서

도 가장 먼저 나를 챙겨주던 친구, 바로 정하에게. 여전히 친구의 목소리는 밝았다. 무언가 눈치챈 듯 친구는 함께 식사하자며 곧장 달려와 주었다.

"넌 뭐 먹을래?"

순간 메뉴를 바라보던 나의 눈빛이 흔들리기 시작했다. '아이가 좋아하는 돈가스? NO! 가격 착한 비빔밥? NO!' 어느덧 나의 목소리에 귀 기울이는 친절이 시작되고 있었다.

"난 윤기 자르르 흐르는 고급 스테이크, 필레미뇽."

친구는 나에게 엄지손가락을 추켜올렸다. 그리고 처음으로 세상에서 가장 맛있는 스테이크를 맛보았다. 한 점씩 음미하며 친구에게 상담 선생님이 건넨 말들을 전했다.

헤어지기 전 친구는 말없이 나를 꽉 안아주었다. 그리고 집으로 돌아와, 아직은 자신에게 친절을 베푸는 것이 서툰 나에게 장치 하나씩을 걸어보았다. '30분 낮잠' 알람 설정과 심신 안정을 위한 클래식 그리고 숙면에 좋은 차 한잔까지.

"이제 완벽해! 낮잠 준비 세팅 완료!

널 위한 친절, 지금부터가 시작이야."

4.

소리 내어
울어도 돼

"여름, 겨울 중 딱 한 가지를 고른다면 당신의 선택은?"

어느 강연장에서 던져진 질문이었다. 나의 대답은 여름. 후덥지근한 여름이 좋아서가 아니다. 여름이 좋다기보다 추위가 싫어서였다. 오죽하면 매년 겨울, 필리핀 친구네서 지내볼까를 진지하게 고민했을까. 한겨울도 아닌 늦가을에 조금만 날이 차가워져도 쉽게 감기에 걸리는지라 내의를 입어야 안심이 됐다.

추위에 약한 체력, 벗어나고 싶었다. 그것도 아주 간절히. 그래서 지인의 추천으로 맨발 걷기를 시작했다. 혹시 모를 위험방지를 위해 파상풍 주사를 맞고 발수건과 물도 챙겼다. 맨발 걷기 준비 완료. 공원에 와보니 홀로 맨발 걷기를 하는 이들에게 자연스레 시선이 고정되었다. 하나같이 여유로웠다. 아니 편안해 보였다는 말이 더 맞는지도 모른다. 다들 자신의 발끝에만 집중하며 걸었다.

나는 온 사방이 형형색색 물드는 과정을 하나하나 마음에 새겼다. 낙엽 한 장이 떨어지는 게 아쉬워 연신 카메라 셔터를 눌렀다. 나비와 새 그리고 다람쥐 등 숲속 친구들에게 손을 내밀었다. 그 모습 하나하나 바라보는 것만으로도 큰 위안이 되었다.

왜 이제까지 이런 여유조차 나에게 허락하지 않았을까? 남의 기준에 맞춰 살아가느라 한계치를 매번 넘긴 줄도 모르고 숨 가쁘게 뛰기만 했다. 그리고 마주한 암, 남에게 인정받고자 내달린 나의 40년이 아깝고 야속하게만 느껴졌다. '나처럼 열심히 살아온 사람이 어디 있어?'라며 억울해했다.

세상마저 날 등진 것 같아 누군가에게 한없이 위로받고 싶은 순간이었다. 떠오른 단 한 사람, 바로 엄마였다. 너무 무서워 그저 엄마에게 울며불며 하소연하고 싶었다. 하지만 수화기를 들지 못했다. 아니 들 수 없었다. 투석 환자였던 엄마가 내 소식으로 쓰러질까 염려돼 숨기기만 급급했다. 소리 내어 울 수조차 없었다. 행여나 엄마가 알게 될까 봐.

누군가는 날 보고 답답하다며 호통을 칠 것이다. 하지만 그럴 수밖에 없었다. 작은 초가집 호롱불 밑에서 7남매를 키우느라 단 1초도 허투루 쓰지 않던 부모님. 난 무조건 열심히 사는 것만이 답이라고 생각했다. 그래서 참는 게 그 어느 것보다도 쉬웠다.

항암치료로 온몸이 갈기갈기 찢기는 것 같았다. 그런데도 엄마의 안부 전화가 걸려 올 때면 아무렇지 않은 척 연기까지 펼쳐야만 했다.

"엄마, 몸은 괜찮아? 밥은 잘 먹었어?"

누가 누굴 걱정하고 있단 말인가. 나의 몸이 제발 살려 달라고 몸부림치고 있는데.

그래서일까. 내 아이에게 바라는 건 한 가지였다. 아이만큼은 자신을 가장 소중한 존재로 여기고 자신을 표현하며 살길 바랐다. 나와 다르게 살기를 말이다. 하지만 난 힘에 부쳤고 또다시 '악' 소리도 내지 못한 채 그렇게 7년을 달려왔다.

어느 날, 아이의 한마디에 내 마음이 와르르 무너졌다. 평소 비계를 먹지 못하던 아이가 일그러진 표정으로 무언가를 뱉어내려 했다. 얼른 내 손을 아이 얼굴 앞에 갖다 댔다. 그런 나를 의아하게 바라보며 아이가 뱉은 한마디.

"엄마도 엄마 자신을 소중히 해야지. 그래야 엄마가 날 지켜줄 수 있는 거 아니야?"

그랬다! 스스로 아이의 쓰레기통이 되길 자처한 것이었다. 7살 아이보다 자신을 더 몰랐다는 사실에 부끄럽고 참으로 아팠다. 아이가 소중한 존재이길 바란다면 엄마인 나부터 소중히 대해야 한다는 것을 깨달았다.

추위를 이겨내기 위해 선택한 맨발 걷기이지만, 많은 것을 돌아보는 새로운 시작이기도 하다. 행여 다칠까 싶어 한 걸음 한 걸음 천천히 디디며 나의 숨소리에 귀 기울여본다. 그

걸음마다 아이의 말도 담아본다. 나부터 소중히 대하라는 아이
의 말을.

"그렇게 고통스러우면서 왜 이제까지 토해내지 않았어?"
"가족에게조차 왜 그랬던 거야? 이젠 내달리지 않아도
괜찮아!"
"아플 땐 아프다고 소리 내어 울어도 돼! 얼마나 아팠니?"

앞만 보고 달리느라 보살피지 못한 내 몸 구석구석에
따스한 기운이 감돈다.

난 오늘도 맨발 걷기를 한다.
나를 소중히 여길 완주코스를 걷는다.
출렁이는 내 마음과 함께….

5.
난 매일 밤
녹음기를 켠다!

매일 밤, 가족들과 녹음기를 켠다. 서로의 마음에 더 집중해보고자 시작한 잠자리 행복 기록!

특별한 요령 없이 방법은 아주 간단하다. 매일 밤, 아이와 그날 있었던 일들을 되짚어보고 각자의 행복했던 일을 나누며 녹음한다. 다음 날 새벽, 녹음 내용을 들으며 의미 있는 말들을 기록한다. 또 아이와 신랑 그리고 나에게 감사 편지를 3~4줄 적는다.

"엄마, 왜 밤마다 행복한 일을 나누는 거야?"

"평소에 행복한 일을 쌓다 보면 긍정의 기운이 가득해
지거든. 그럼 어려운 일을 마주해도 금방 일어설 힘이 생겨. 네
가 나에게 보여줬던 힘처럼 말이야."

코로나로 급작스럽게 시아버님과의 이별을 마주해야
만 했다. 임종도 지켜드리지 못한 채 영정사진으로 마지막 인사
를 건넸다. 맛있는 식사 한번 대접해드리지 못했는데 힘든 항암
치료만 겪다 가신 것 같아 괴로웠다. 하염없이 눈물만 흘렀다.
그때 누군가 내 손을 꼭 잡아주었다. 바로 아이였다.

"엄마, 왜 울어?"

"응, 할아버지가 돌아가신 게 너무 속상해서."

"엄마, 울지 마! 할아버지 천국 가셨어. 꽃들이 만발하
고 따뜻한 햇살이 비추는 천국 말이야. 새들이 지저귀는 아름다
운 그곳!"

순간 마음이 녹아내렸다. 어떻게 7살, 그것도 내 아이
가 이런 말을 할 수 있단 말인가. 금세 슬픔은 사라지고 아이가
말하는 천국이 궁금해졌다.

"그럼 할아버지는 그곳에서 무엇이 되셨어?"

"별이 되었지. 언제든 우리를 따스하게 비춰줄 별, 그 것도 가장 크고 환한 별!"

"아들아! 그럼, 엄마가 부탁 하나 해도 될까?"

"말만 해! 엄마 부탁은 뭐든 들어줄 수 있어."

"엄마가 할아버지 보고 싶을 때 네가 할아버지별을 찾 아주지 않으련?"

"그럼 당연하지! 제일 밝게 빛나는 별만 찾으면 되니깐 그건 내가 얼마든지 해줄 수 있어."

아이의 말에 위로받으며 다시 살아갈 힘을 내어보았 다. 그리고 종종 아이와 함께 가장 반짝이는 별을 찾으러 하늘 과 마주하곤 했다.

차후에 아이가 건넸던 천국 이야기는 『성냥팔이 소 녀』의 한 구절임을 알게 되어 웃음을 자아냈다. 하지만 주변에 누군가 힘든 일을 겪을 때면 아이가 건넸던 말들을 마치 만병통 치제처럼 전하곤 했다.

아이의 귀한 말들을 흘려보내는 게 아까워 잠자리 행

복 기록을 시작했다. 처음엔 익숙하지 않아 1분도 채 넘기지 못할 때가 많았다. 하지만 지금은 서로 더 많은 것들을 펼쳐내느라 시간 가는 줄 모른다. 여행을 가도, 아무리 피곤해도 꼭 빠뜨리지 않고 나누는 게 바로 잠자리 행복이었다. 어느새 행복 기록을 곳곳에 전하는 우리가 되었다.

아버님 49재 땐, 시어머님과 큰아버지까지 동참하는 행복 기록을 맛보기도 하였다.

"할머니! 오늘 행복한 일은 뭐였어요?"

"우리 예쁜 손자랑 할아버지를 만나러 와서 행복했지!"

말없이 눈물을 훔치던 신랑이 하늘을 가리키며 아이에게 말을 건넸다.

"아들아, 저기 보여? 가장 환한 별! 할아버지가 환하게 웃고 계시는 거야! 우리 가족이 다 모여 당신을 보러 와줘서 고맙다고."

이제는 작은 일에도 행복을 부여하는 아이가 되었다. 거울에 비친 자신을 똑바로 볼 수 없었던 내가 "나는 내가 좋다!"를 외치며 당당히 마주하게 되었다. 또한 일에 지쳐 한 번도 웃지 않을 때가 많았던 신랑이 미소 천사가 되었다. 그렇게, 행복에 행 자도 몰랐던 가족이 없던 행복도 불러들이는 단단한 가족이 되었다.

　　"오늘 저녁에 뭐 해?"
　　"나? 아이랑 행복 낚으러 가!"

　　그렇게 오늘도 녹음기를 켠다.

에필로그

어느 가을날, '원앤원' 멤버들과 글을 쓰자고 도원결의를 했다. 초고를 올리기로 정한 마감 날짜가 다가올수록 마음이 조급해졌다.

조바심 나는 마음과는 달리 무엇을, 어떻게, 왜 써야 할지 모르는 손은 자판 위에 가만히 머물렀다. 무심히 지나갔던 시간을 돌아보며 머릿속에 흩어져 있는 생각들을 끌어모았다. 모아 놓은 생각 더미에서 지나온 시간을 곱씹으며 왜 썼는지, 지금 어떻게 쓰는지, 앞으로 무엇을 쓸 것인지를 찾았다.

나를 알고 싶다는 마음 하나로 글을 쓰기 시작했다.

모두 다른 엄마들의 나뭇잎은 지나온 시간으로 아름답게 물들거나, 무관심으로 챙기지 못해 말라버리거나, 살면서 실수로 놓치거나 혹은 쓰임이 다해 떨어지고 버려졌다.

많이 참았다. 체념인지 적응인지 스스로가 지나온 시
간을 더듬으면서 자신이 겪었던 변화에 둔감해져 아픔이 아픔
인 줄 몰랐고 힘듦이 힘듦인 줄 몰랐다. 묶인 것은 풀고 풀리지
않으면 꼬인 채로 살아도 된다고, 괜찮다고 여겼다.

세월이 흐른다는 것을 그저 시간이 지나가는 것으로
생각하고 미뤘다. 아직은 때가 아니니 그때가 오기만을 기다렸
고 기다림이 길어질수록 바람이 커졌다. 그러다 때는 기다리는
것이 아니라 만드는 것임을 알았다. 지나간 시간을 챙기고, 비
워둔 공간을 채우며 물들고 떨어지는 것이 메말라 버린 것이 아
니라 겨울을 나기 위한 비움인 것을 쓰면서 깨우쳤다. 두려움
속의 불안함을 버리고 용기를 냈다. 블로그에 글로 말하기 시
작했다. 꺼내놓고 싶은 만큼 꺼내지지 않아서 답답했고, 풀어놓
은 말들이 조급해 불편했다. 그럼에도 털어놓았다. 쓸 수 있는
것과 쓸 수 없는 것, 쓰고 싶은 것과 쓰지 못한 것들을 차곡차곡
쌓았다. 마음을 베껴 쓰듯 써 나간 이야기가 8명의 온라인 공간
에 자신만의 소리로 담겼다.

청명한 봄날,

간절했고 뜨거웠던 우리들의 이야기가

꿈을 잊고 헤매는 엄마들에게 한 줄기 빛이 되길 바란다.

아울러, 엄마라는 역할에서 벗어나 나를 찾을 수 있도록 도와준 가족들에게 감사한 마음을 전한다.

작 가 한 마 디

뾰족한 뿔로 나와 남을 찌르던 세모는 아내와 엄마가 되어 네모로 변신했다. 안정적이지만 여전히 뾰족했던 시간을 지나 둥근 원으로 성장하고 있다. 부드러움 속에 감사와 사랑을 가득 담은 나의 원은 그녀들의 원과 더해져 원앤원으로 진화하고 있다. 글과 독서로 세상의 엄마들에게 손짓하는 우리, 근사하지 아니한가?

-진로북극성-

온라인 세상에 나를 데려갔다. 자기계발을 하는 사람들로 넘쳐나는 그곳에서 무엇을 해야 할지 몰라 방황했다. 한 치 앞도 모르는 게 사람 일이라 하지 않았던가. 길을 잃고 헤매던 시간을 지나 온라인에서 만난 8명의 엄마와 글을 쓰기 시작했다. 웃고 울며 서로를 토닥이던 우리가 새롭게 그려나갈 미래가 기다려진다.

-고은샘-

함께 성장에 대한 글을 쓰자고 했을 때, 성장하지 못한 나도 함께해도 될까 하는 걱정이 앞섰다. 나에게 없는 추진력이 가득한 그녀들을 만나 결국은 썼다. 그 과정에서 나도 그녀들이 갖고 있지 않은 무언가 갖고 있을 것이라는 믿음을 갖게 되었고, 나만의 이야기가 가득한 미래를 꿈꾸게 되었다. 그것이 내가 한 뼘 성장했다는 증거다.

-밍-

글을 쓰고 싶었다. 거창한 주제와 계획을 가지고 하는 글쓰기는 아니더라도, 매일 가슴속의 말을 소박한 글로 남겨 두고 싶었다. 바람이 이루어졌다. 익숙한 아픔을 받아들이고 새로운 아픔을 감내하는 시간과 내 안의 말이 글이 되어 책에 담겼다. 거리두기가 사라진 사람들의 마음에 책의 달콤한 말이 가닿길 바란다.

-블랙빈-

나무가 흔들리는 것은 살아내기 위해서라고 한다. 흔들려야 부러지지 않고, 흔들려야 뿌리도 자라기에. 생각해본 적 없던 온라인 세상에 발을 내딛게 된 것은 우연히 불어온 바람 때문이었다. 그녀들과 함께 바람의 세기만큼 뿌리를 키우고 바람의 속도에 맞춰 춤을 추며 글을 썼다. 바람의 무늬를 새긴 나무처럼 이 책이 누군가에게 온라인 세상의 바람이 되어주길 바란다.

-알레나-

한없이 울며 토해내고 싶었다. 하지만, 상처를 드러내기 무서워 가면을 선택했다. 원앤원은 이런 나를 세상 밖으로 꺼내 주었다. 글쓰기를 통해 불안의 늪에서 허우적거리던 나를 진정시킬 수 있었고 그토록 바라던 여유도 선물 받았다. 이제는 가면을 쓴 채 살아가는 이들에게 가면을 벗어낼 용기 한 그릇쯤은 전할 수 있는 내가 되었다.

-힘찬토리-

자기비판, 자기비난, 자기비하가 심했던 나에게 스스로 자기축복을 시작하자 우주는 든든한 온라인 친구들을 선물해 주셨다. 이들과 함께 나의 오랜 숙제를 풀어볼 용기를 냈다. 봉오리의 '꽃'을 완성하는 경험을 하기 전, 우리와 같은 대한민국의 엄마들이 자신의 봉오리에 축복의 시간을 가져보길 바라본다.

-밸류비스-

소속감을 느끼고 싶었다. 틈새를 비집고 들어가기 위해 에너지를 써야 하는 것이 아니라, 구성원의 한 사람으로 인정받기를 원했다. 성장하기 위해 빠르게 달려야 하는 분위기가 아닌, 나만의 속도로 함께하는 것만으로도 괜찮다고 말해주는 그녀들에게서 심리적 안정감을 선물 받았다. 그렇게 우리는 어느새 같이의 가치를 실천하며 함께 성장했다.

-어썸그로잉-

당신 인생의 주인공은
누구인가요

인간의 시선은 바깥을 향하기 쉽습니다. 버거운 상황에 마주하게 되었을 때 '남 탓'을 하기 쉬운 건 우리의 시선이 바깥을 향해 있기 때문 아닐까 생각합니다. 내가 화가 나는 이유는 남편 때문이고 내가 돈을 벌지 못하는 이유는 나라 정치가들 때문이며, 이렇게 병이 생긴 것도 날 괴롭히는 직장 상사 때문이라고, 우리의 시선은 쉽게 밖을 향하고 맙니다.

바깥으로 향한 시선을 나의 내면으로 돌리게 될 때. 바로 그 시점에 우리는 구원을 받는 것이 아닐까요. 여기 8명의 엄마 작가가 모였습니다. 함께 모여 남을 욕하고, 세상을 욕하는 대신 조용히 펜을 들었습니다. 그리고 글을 쓰기 시작했습니다. 타인과 세상으로 향한 시선을 내면으로 돌리기 시작한 멋진 엄마들의 이야기에 귀를 기울여 봅니다.

자신을 '프로 삽질러'라고 했지만, 사랑스러운 오지라
퍼에 가까운 진로북극성 권인선 님의 글에서 따뜻함을 느낍니
다. 유산했던 아픈 기억을 담담하게 써 내려가는 밸류비스 박혜
형 님의 글에서 잔잔한 감동을 느낍니다. 갱년기를 거치며 몸과
마음이 지칠 대로 지친 블랙빈 배경연 님은 주저앉지도 않고,
화를 내지도 않고 그저 매일 새벽 조용한 책상에 앉아 펜을 들
었습니다. 스스로 열등감을 느끼던 부분을 담담하게 내놓는 알
레나 서은미 님의 글에서 해바라기 꽃 같은 단단한 아름다움을
느낍니다. 어썸그로잉 윤소진 님의 글을 읽어 내려가다 '더 깊
이 있는 나와 화해하는 시간'이라는 구절에 마음이 탁 하고 걸
립니다. 고은샘 이고은 님의 글에서 따뜻한 마음과 당당한 에너
지를 가득 채울 수 있었습니다. 스스로 '귀엽기보다는 지적이고
우아하다'라고 표현한 밍 이혜민 님의 글은 역시나 기대를 저버
리지 않습니다. 자신을 사랑하기 위해 글쓰기를 시작한 힘찬토
리 황주미 님을 마음 다해 응원합니다.

글쓰기에는 강력한 치유와 성장의 힘이 있다고 믿습니
다. 글을 써 내려가는 동안에 나는 나라는 사람과 정면으로 마
주하게 됩니다. 마음속에 꼭꼭 숨겨두었던 나의 두려움과 만나
는 것이 글쓰기의 본질이 아닐까 생각합니다. 그래서 화려한 필

력이 반짝이는 글보다는 용기 있게 써 내려간 담담한 글, 큰 성공을 손에 넣은 사람의 성공담보다는 평범한 일상에서 작은 기적을 만들어나가는 이야기에 마음을 빼앗기게 됩니다.

'한 사람이 걷는 열 걸음보다 열 사람이 함께 내딛는 한 걸음의 가치'를 믿습니다. 8명의 엄마가 함께 한 걸음씩 걸어가는 여정을 마음 깊이 응원합니다. 첫걸음을 용기 있게 내디딘 엄마 작가 8명의 기록을 시작으로 더 많은 여성이 용기를 낼 수 있으면 좋겠습니다. 이 책이 소중한 계기가 되기를 바랍니다.

제10회 브런치북 대상 수상작 『우리 가족은 어디서부터 잘못된 걸까』 저자
골디락스